edition suhrkamp 2404

Über Iris Hanikas ersten Band in der edition suhrkamp – die Chronik *Das Loch im Brot* – schrieb *Die Zeit*: »Obgleich ihr Buch ein geradezu unverzichtbares Brevier für die Forty-Somethings ist, kann der Leser nicht auf praktische Wahrheiten hoffen.« Für *Musik für Flughäfen* gilt das erst recht: Die Wahrheit sucht die Autorin nicht, aber die Wirklichkeit läßt sie nicht los. Die beobachtet sie übergenau. Zudem ist sie eine unerschrockene Erforscherin des Liebeslebens unter den Bedingungen von Großstadt, Hysterie und Völkerwanderung.

Iris Hanika, 1962 in Würzburg geboren, lebt in Berlin. Im Suhrkamp Verlag sind erschienen: *Das Loch im Brot* (es 2438) sowie der gemeinsam mit Stefanie Flamm herausgegebene Band *Berlin im Licht. 24 Stunden Webcam* (es 2358). www.iris-hanika.de

Foto: cr&sh

Iris Hanika
Musik für Flughäfen

Kurze Texte

Suhrkamp

edition suhrkamp 2404
Erste Auflage 2005

Originalausgabe

Druck: Nomos Verlagsgesellschaft, Baden-Baden
Umschlag gestaltet nach einem Konzept von Willy Fleckhaus: Rolf Staudt
Printed in Germany
ISBN 3-518-12404-8

1 2 3 4 5 6 – 10 09 08 07 06 05

Musik ist mir das Süßeste auf der Welt. (...) Ich höre nicht das Spiel, nur den Ton. (...) Musik stimmt mich immer traurig, aber so wie ein trauriges Lächeln ist. Ich möchte sagen: freundlichtraurig. (...) Vor der Musik habe ich nur immer die eine Empfindung: mir fehlt etwas. Nie werde ich den Grund dieser sanften Traurigkeit erfahren, nie darnach forschen wollen. Ich wünsche es nicht zu wissen. Ich wünsche nicht alles zu wissen. (...) Musik ist die gedankenloseste und deshalb süßeste Kunst. Rein verständige Menschen werden sie nie schätzen, aber sie wird gerade ihnen in Augenblicken, wo sie sie hören, am innigsten wohl tun. Man darf eine Kunst nicht begreifen und nicht schätzen wollen. Kunst will sich uns anschmiegen. Sie ist ein so überaus reines und selbstzufriedenes Wesen, daß es sie kränkt, wenn man sich um sie bemüht. (...) Mir fehlt etwas, wenn ich keine Musik höre, und wenn ich Musik höre, fehlt mir erst recht etwas. Dies ist das Beste, was ich über Musik zu sagen weiß.

Robert Walser (Fritz Kochers Aufsätze: Musik)

Was ist der Mensch?

Der Mensch ist ein mittelgroßes Tier, das auf zwei Beinen geht, aber ganz und gar kein Vogel ist, sondern am Boden lebt. Er besteht aus viel Wasser, aber das sieht man nicht von außen. Um so mehr zieht es ihn zum Wasser hin, und gerne springt er hinein. Da ist der Mensch ein Schwimmer, er kann kraulen, Brust- und Rückenschwimmen, nur Delphin kann er normalerweise nicht, denn er ist kein Fisch und meistens auch kein Schwimmchampion, sondern bloß ein Mensch. Wenn er lange genug hin und her geschwommen ist, steigt er wieder heraus aus dem Wasser, dafür springen die Kinder hinein, eins nach dem anderen, immer wieder, jedes viele Male. Dabei schreien, kreischen, lachen, heulen sie, denn Kinder im Schwimmbad müssen Lärm machen, ansonsten könnten sie auch zuhause bleiben. Je lauter es zugeht, desto gelungener ist der Sommertag im Schwimmbad. Die erwachsenen Schwimmer nehmen es hin und hören irgendwann auf, mit den Zähnen zu knirschen, denn die Sonne scheint auf den Menschen, der Wind streicht über seine Haut, die Bäume geben ihm Schatten, die Erde, die ihn nährt, trägt ihn auch. Das ist der Mensch, der aus dem Wasser gestiegen ist.

An Land kommt der Mensch zwar im Prinzip besser zurecht als im Wasser, weil er ja kein Fisch ist, aber an Land glücklich zu sein, fällt ihm schwer. Eigentlich ist er ziemlich traurig darüber, daß er aus dem Wasser heraussteigen mußte. Und darum, weil er nun auf dem Trockenen lebt, muß er sich so viele Gedanken machen, über sich und die anderen, und das im speziellen sowie allgemein.

Am Anfang ist der Mensch ein Kind. Er ist zum Beispiel erst wenige Monate alt und lacht, wenn er fröhlich ist, beklagt sich, wenn er Hunger hat, schreit, wenn er Schmerzen hat, schläft, wenn er müde ist, und ist glücklich, wenn er im Arm seiner Mutter liegt. (Aber das weiß er noch nicht, daß das das Glück ist, das wird er erst viel später begreifen.) Im Grunde wird er genau diese Dinge genau so sein weiteres und sein ganzes Leben lang tun, bloß hat er mit der Zeit eine eigene Geschichte, und schon darum werden seine Ausdrucksformen vielfältiger werden; hinzu kommen werden Verschiebungen, Defekte, Traumata, Idiosynkrasien, auch Empfindlichkeiten genannt, kurz, die Haken und Ösen des Unbewußten, an das der Mensch mit einem Klettverschluß gefesselt ist. Und wer weiß, wie sich das dann äußert. Womöglich lacht er, wenn man ihm Schmerzen zufügt, und beklagt sich, wenn er im Arm seiner Mutter liegt, und keiner begreift, was das nun soll, er selbst am allerwenigsten.

Sobald er kein Kind mehr ist, ist der Mensch eine Frau oder ein Mann, und das sind grundverschiedene Dinge und entscheidende. Womöglich ist das jeweils das erste, was den Menschen ausmacht, daß er eine Frau ist oder ein Mann, auf jeden Fall ist es fatal. Denn unbedingt wollen sie zueinander, die Frauen und die Männer, zugleich finden sie es beim eigenen Geschlecht viel gemütlicher. Die Frauen verstehen sich mit den Frauen prima, die Männer mit den Männern. Bloß weil es ihnen dort bald langweilig wird, verlangen sie nach dem anderen Geschlecht, obwohl sie sich mit dem nur sehr schwer verständigen können und immer eine Anstrengung unternehmen müssen, um überhaupt mit ihm auszukommen. Diese Anstrengung heißt Geschlechterspannung und ist das, was das Leben einigermaßen interessant und für seine lange Dauer erträglich macht.

Aber das ist schon fast abstrakt und mehr als der Mensch, ein Wesen, das in der Sonne lebt. Wenn sie wärmt, dreht er sich ihr entgegen, wenn sie Hitze erzeugt, flieht er sie. Auch wenn es regnet, muß er nach drinnen gehen. Der Mensch baut sich Häuser und Hütten, der Mensch braucht ein Dach über dem Kopf. Mancher Mensch ist immer drinnen und sehnt sich nach draußen, ein anderer ist immer draußen und wäre froh, wenn er mal drinnen sein dürfte.

Doch selbst, wenn er so einer ist, der drinnen lebt, hat der Mensch es nicht gleich schön, denn auch unter solchen Bedingungen ist das Sein schwer und gilt es zuvörderst, stand- und auszuhalten: Unverschämtheiten zurückzuweisen, sich gegen Beleidigungen zu verwahren, sich von Zumutungen nicht ins Bockshorn jagen zu lassen. In einem fort nämlich muß der Mensch auf seine Würde achten. Indes wissen viele nicht, daß sie das selbst tun müssen, und glauben, es reiche aus, daß sie grundgesetzlich gesichert und ihre Achtung verfassungsmäßig vorgeschrieben ist. Wer sie aber nicht verteidigt, seine Würde, der verliert sie leicht.

Dabei steuern in Wirklichkeit seine Triebe den Menschen, doch weil diesen in der zivilisierten Welt nur auf verschlungenen Pfaden zu willfahren ist, hat es der Mensch auch auf diesem Gebiet sehr schwer und muß viel leiden. Dann sagt er beim Gehen auf der Straße plötzlich »Schwerbehindertenausweis!« oder beginnt zu weinen, wenn er seinen Steuerbescheid liest. Und die Liebe tut ihm weh wie seinen Ahnen der Hunger.

Die Liebe. Die Liebe.

Sehr gerne und sehr oft versammelt der Mensch in Gruppen sich, denn dabei wird ihm warm. Das ist die Hauptsache. Außerdem möchte er gerne was erzählen oder was erzählt bekommen oder auch in Ruhe gelassen werden. Das wechselt von Mensch zu Mensch und von Zeit zu Zeit und kommt daher, daß der Mensch das Tier ist, das sprechen kann, und zugleich das Tier, das sich wundern kann, zuerst über sich selbst. Er ist sich ein großes Rätsel. (Sich gegenseitig und sich selbst. Ein großes Rätsel.) Mit seiner Sprache stellt der Mensch sich Fragen wie »Wer sind wir? Woher kommen wir? Wohin gehen wir?«, findet aber nie eine Antwort darauf, bis er aufhört, eine zu suchen. Da hat er dann gemerkt, daß er schon nicht einmal weiß, wer oder was er selber ist, woher er selber kommt, wohin – außer in den Tod – er selber geht, wenn er nicht auf dem Weg zum Einkaufen, zur Arbeit oder ins Kino ist. Um wieviel weniger weiß er es dann von den anderen! Irgendwann hört er auf, sich solche Fragen zu stellen, und fängt an, wenigstens sich selbst halbwegs auszuhalten. Gleich ist er fast zufrieden, lebt nun in mittlerer Geschwindigkeit, und wenn er bald stürbe, wär's ihm auch egal, nur sorgt er sich um seine Kinder.

Auf fotografische Schnappschüsse gefroren, sieht der Mensch nicht gut aus, wohingegen er aus der Nähe und als lebendiges Wesen betrachtet immer schön ist (es sei denn, er hätte eine schwarze Seele), weil er immer anders aussieht, also jeder einzelne anders aussieht als der nächste, dabei aber von der Struktur her immer gleich ist. Ob die Schönheit aus dem immer anderen im Gleichen oder aus dem immer Gleichen im anderen rührt, ist schwer zu entscheiden, sicher ist nur: die Schönheit sehen immer nur die anderen. Der Mensch selbst wäre gerne schöner, denn wenn er schöner wäre, stellt er sich vor, würde er in jeder Hinsicht mehr geliebt: mehr von denen, die er schon kennt, dazu noch von mehr, die er noch nicht kennt. Am Ende stellt sich heraus, daß a) Schönheit doch von innen kommt und b) Lieben und Geliebtwerden nur mit dieser Schönheit zu tun haben, nicht mit der äußerlichen. Dennoch möchte der Mensch gerne schön sein. Es erleichtert doch vieles.

Damit nun aber kein falscher Eindruck entsteht: Keineswegs ist der Mensch besonders nett oder gut oder liebenswert, vielmehr geht er sich sehr gerne gegenseitig auf die Nerven. Das tut er hauptsächlich dort, wo er eng aufeinanderlebt und es darum gut wäre, er bemühte sich um Rücksichtnahme. In den großen Städten nämlich benimmt er sich schlecht, wirft seinen Müll überallhin und brüllt herum, vor allem, wenn sich jemand beschwert. Da ist der Mensch einer von den schon tags Betrunkenen, wenn er sich so benimmt. Gegen Abend geht er nach Hause und schafft den Weg nicht. Fällt hin und kommt nicht wieder hoch. Liegt da wie ein Kartoffelsack, bis ihn eine gute Seele wieder auf die Beine stellt, wofür sich zu bedanken ihm die Worte fehlen. Dann wankt er heim und ist niemandem eine Freude, am wenigsten sich selbst. Die gute Seele aber geht in ihrer anderen Richtung weiter und trägt eine Kunstledertasche an die Stelle, wo sie jeden Abend die streunenden Katzen füttert. Die kommen bald, wenn sie die gute Seele sehen, vielleicht auch nur, weil sie die Näpfe klappern hören. Der guten Seele ist das egal, daß sie nicht ihretwegen, sondern allein wegen des Futters, ihretwegen also nur in ihrer Eigenschaft als Bringerin des Futters kommen, die gute Seele freut sich so oder so an den Katzen, an der Kreatur.

Doch ist der Mensch auch das Gegenteil: das Tier, das sterben möchte und sterben machen kann, weil es die absolute Andersheit des anderen nicht erträgt; sich selbst zwar auch nicht, darum schlägt er ja um sich. Wenn er keine Waffen hat, ist er halt schlechtgelaunt und ungerecht, schnippisch, vorlaut, hört nicht zu, macht nicht mit, sondern boykottiert, denkt sich Gemeinheiten aus und verbreitet Gerüchte. Viele schlechte Eigenschaften hat der Mensch. In Kombination, manchmal auch schon für sich alleine, bereiten sie den anderen die Hölle auf Erden.

Und dann gibt es Zeiten, da geht der Mensch hinaus, überrollt alles, was ihm im Weg steht und meuchelt jeden, den er trifft, wenn dieser einer von ihm zuvor als zu tötende definierten Gruppe angehört. Absolut furchtbar ist der Mensch, sobald er den anderen in sein eigenes System hineinzwängt, statt sich an dem Wunder zu erfreuen, daß es ihn gibt, diesen anderen, und sich abgewöhnt hat, im anderen den anderen zu achten. Wenn es soweit ist, hält er seinen Nebenmenschen für etwas, über das er verfügen kann, und hackt ihm die Arme und die Beine ab oder gleich den Kopf. Dazu braucht er nichts weiter als eine Machete. Natürlich ist so etwas ein extremes Verhalten, die vielen Vorstufen dazu sind geläufiger. Wenn er also nicht quält, verstümmelt und mordet, dann stiehlt, raubt und foltert er vielleicht oder brennt und schändet, ist ein Ungeheuer und verbreitet Angst und Schrecken, und den Haß, den er abstrahlt, kann man fast sehen. Dreinschlagen und Kaputtmachen gehen im übrigen ziemlich schnell, ebenso wie Rauben, Morden, Schänden. Unermeßlich viel länger braucht es hinterher, das Kaputtgeschlagene wieder zusammenzusetzen, die Wunden zu heilen, und oft heilt sie gar erst der Tod.

So ist der Mensch alles, was man sich nur denken kann: mal riesengroß, mal winzig klein; mal ist er ein Wicht und jämmerlich, mal hat er Größe wie ein Fürst. Der Mensch ist gut und schlecht, ist alt, ist jung zu verschiedenen Zeiten seines Lebens, manchmal aber auch zur selben Zeit. Wenn er dann alt ist am Ende, dann ist der eine vielleicht hinfällig, aber ganz kregel, der andere hingegen noch gut in Form, dafür aber wirklich und richtig böse. Warum das so ist, begreift kein Mensch, aber nun ist es auch egal, denn er will es nicht mehr ändern.

Was also ist der Mensch? Man weiß es nicht. So vieles.

Ich schlage die Augen auf und frage mich: Wie kommt der viele Staub auf die Erde? Fällt er den Engeln aus dem Haar, wenn sie sich kämmen, oder hat der liebe Gott ihn gleich im Anbeginn ausgestreuet, damit wir immer daran denken, wie wir sterben werden und vergehen?

Die Sonne steht in meinem Zimmer, und golden glitzert der Staub in ihrem Licht.

Ich drehe mich zum Fenster hin. Es ist von einem Vorhang verhängt, durch den scheint die Sonne. Der Vorhang ist nicht besonders dicht. Es ist sehr hell in meinem Zimmer.

Warum beginnt ein neuer Tag? Warum bin ich aufgewacht?

Weil der Wecker gefiept hat.

Die Sonne und der Staub kopulieren hemmungslos.

Ich drehe mich auf den Bauch, lange nach meinem Wecker, mache ihn aus und drehe mich gleich weiter, vom Fenster weg. Ich mache die Augen wieder zu.

Vier Minuten später geht mein Radiowecker an. Die Nachrichten sind schon fast vorbei, aber das macht nichts, die Nachrichten interessieren mich so bald nach dem Aufwachen sowieso nicht. Ich drehe mich wieder um und mache den Radiowecker aus.

Der Sonnen-, Staub- und Lichtkubus ist eine kompakte Masse. Wenn ich ein Faun wäre oder die Elfenkönigin, begänne ich vielleicht einen Tanz zum Lob der Sonne. Statt dessen mache ich die Augen wieder zu und schlafe weiter. Ich würde das alles lieber nicht erleben.

Dann fällt mir das viele Licht, das von der Sonne durch den Staub auf die Erde kommt, durch den dünnen Vorhang direkt ins Gesicht, bis ich nicht mehr anders kann und nicht nur aufwache, sondern auch aufstehe und in die Küche gehe und Wasser trinke und in mein fensterloses Bad gehe und mich mit Wasser übergieße. Es muß ein jeglicher Tag mit dem Wasser beginnen und so, wie die ganze Welt angefangen hat.

Erst die Sonne, dann das Wasser. Oder umgekehrt?

Was weiß ich. Ich lebe zeitlich weit entfernt vom Ursprung und weiß nicht, wie der viele Staub auf die Erde gekommen ist.

Die orangefarbenen Gladiolen verblühen sukzessive, wie sie auch sukzessive aufgeblüht sind. Ich zupfe die schlappen Blüten ab, die anderen erheben sich um so stolzer, ich gieße auch jeden Tag Wasser nach.

Die jungen Menschen unter uns

I

Immer sind es diese adoleszenten Blaßgesichter mit den Hasenzähnen und den übergroßen Brillen, deren dicke Gläser die weitsichtigen Augen zum Angstblick vergrößern, die die Anzeigenblätter austragen und die Werbeprospekte verteilen, also die Dinge, die keiner haben will und die allen auf die Nerven gehen, mal mehr, mal weniger. Wenn mehr, dann werden die adoleszenten Blaßgesichter mit den Hasenzähnen und den übergroßen Brillen angepflaumt und sind doch sowieso schon die ewig Getretenen, denen man ihr kleines Glück im hintersten Winkel, das sie möglicherweise irgendwann finden, wenn sie sich nur genug erniedrigen und ausbeuten lassen, herzlich gönnt, während man sich andererseits überhaupt nicht darüber wundert, wenn sie als Kinderschänder enden oder ihrerseits gequält und totgeprügelt werden, was dann andere Getretene tun, die sich vorgenommen haben zurückzutreten, aber gar nicht wissen, wohin sie treten sollen, und darum beim Treten grundsätzlich die Falschen treffen, nämlich diese adoleszenten Blaßgesichter mit den Hasenzähnen und den übergroßen Brillen.

II

Die Tochter des Hauses, die vor einer Woche fünfzehn wurde, kommt herein, setzt sich an den gedeckten Kaffeetisch zu einer Freundin der Mutter und singt zaghaft, mit dünner Stimme, einige Verse etwa folgenden Inhalts: »I want to die. I will kill myself because there is so much suffering in the world«. Dies sei ein Text von Marilyn Manson, erklärt das Kind.

Marilyn Manson ist keine Frau, sondern ein männlicher Heavy-Metal-Musiker. In seinem Künstlernamen hat er Marilyn Monroe mit Charles Manson vermählt, den Engel Amerikas mit einer seiner Höllengeburten. Sex und Gewalt. Mit einem schwarzen Strich quer durchs Gesicht streicht er sich bei Auftritten selber durch und trägt dazu in einem Auge eine Kontaktlinse, die das Auge aussehen läßt, als wäre es blind.

Später erzählt die Mutter, wie sie die zum Geburtstag gewünschte CD kaufte und fast auf den Kauf verzichten wollte, als sie sah, daß auf dem Cover ein Gekreuzigter ohne Unterkiefer abgebildet ist. Zur Anschauung wird die CD geholt. Im Booklet sind noch mehr Bilder im selben Stil. Die Freundinnen der Mutter erkennen allerdings nichts Schlimmes darin, sondern sehen eine stilistische Verwandtschaft mit den Gemälden von Francis Bacon, und fühlen sich außerdem an die schrecklich eindrucksvollen Fotografien von im Ersten Weltkrieg verstümmelten Soldaten erinnert, die Ernst Friedrich in seinem Buch gegen den Krieg versammelte. Außerdem wissen sie zu berichten, daß in Michael Moores die US-amerikanische Vernarrtheit in Feuerwaffen anprangerndem Film »Bowling for Columbine«, der in dem von zwei halbwüchsigen Schülern angerichteten Blutbad an der Columbine-Highschool in Littleton, Colorado, seinen Ausgangspunkt hat, auch Marilyn Manson zu Wort kam und wie der einzig vernünftige Mensch in dieser Welt aus Waffen, Tod und Blut wirkte.

Marilyn Manson war, als er für den Film befragt wurde, schon für die Bühne angezogen, hatte also einen Strich durchs Gesicht gezogen und trug die Kontaktlinse, so daß sein linkes Auge aussah wie blind. Was er den zwei Schülern gesagt hätte, wenn er mit ihnen hätte reden können, bevor sie ihr Blutbad anrichteten, wird er gefragt. Gar nichts hätte er ihnen gesagt, antwortet Marilyn Manson, vielmehr hätte er sich angehört, was die ihm erzählt hätten. Das, fürchtet er, habe sonst keiner getan.

Nun werden die Todessehnsucht und der Ekel an der Welt verständlich und warum sich reizende fünfzehnjährige Mädchen diese Höllenmusik anhören müssen: damit sie es aushalten, wie gut es ihnen geht und wieviel wohlmeinende Welterklärung sie sich jeden Tag anhören müssen, während sie mit Krieg, Tod und Blut beballert werden, die bei ihnen daheim zwar nicht, sonst aber anscheinend überall auf der Welt herrschen und die der Untergrund sind für ihr von Gewalt, Tod und Blut fernes Leben im wattierten europäischen Mittelstand mit ihren verständnisvollen Eltern. Marilyn Manson weiß, was Fünfzehnjährige bedrückt, und daß besonders laute Musik den Schmerz erträglicher macht, während die Freunde der elaborierten geschliffenen

Wutpredigt Eminem zuhören und im »Fuck You, White America« mit ihm einig gehen. Im übrigen hörten sich die Eltern früher genau dieselbe Musik an, bloß stand da deutlicher drüber, worum es geht, nämlich »My Generation«. Und welche Zeile aus diesem Lied hat sich die Welt gemerkt? Diese eine: »I hope I die before I get old.«

III

Unter der Dusche im Schwimmbad stehen zwei sehr junge Mädchen, vielleicht sechzehn Jahre alt (die eine hat schon erste Tätowierungsverunstaltungen auf dem Rücken), und spielen junge Mädchen, weil die Kamera immer läuft. Darum müssen sie junge Mädchen spielen, obwohl sie welche sind. Darum haben sie ihre Bikinihosen nicht ausgezogen und ihre kunstvoll hochgestrubbelten Frisuren nicht gelöst, sondern all die vielen Spängchen und Klämmerchen in den Haaren steckenlassen, obwohl sie die doch eigentlich gerade waschen. Waschen aber spielt man so: Die Köpfe und die Oberkörper mit den knospenden Brüstchen, die keiner sehen darf, weil das ein richtiger Film ist und kein Porno, wurden komplett eingeschäumt. Mit diesem Schaum nun arbeiten die Mädchen, verteilen ihn also hier ein bißchen und zupfen dort daran herum, wobei sie ihr Gespräch keine Sekunde unterbrechen. Nicht, daß einer denkt, sie würden das nicht spielen, sondern wollten sich wirklich waschen! Es soll nur so aussehen, es soll wie im Film sein: möglichst dekorativ und von keinerlei praktischem Nutzen. Irgendwie schaumgeboren halt.

IV

In der Alten Nationalgalerie steht ein Mann mit einer Digitalkamera vor dem Gemälde einer mittelalterlichen Stadt, wie sie Karl Friedrich Schinkel phantasiert hat. Der Mann ist nicht sehr alt, höchstens Ende Zwanzig, aber seine hellbraunen Haare haben sich schon sehr gelichtet. Damit geht er lässig um: er betont die beginnende Glatze, indem er sie zur Tonsur ausrasiert hat. Die ist aber nicht kreisrund wie bei den Mönchen, sondern läuft hinten spitz aus. Cool. Mittelalter-Pop.

Der simulierte Mönch gibt sich Mühe mit dem Abfotografieren, er schaut eine ziemliche Weile konzentriert auf das Display seiner hochgehaltenen Kamera, und erst als darauf wirklich das ganze Gemälde zu sehen ist, drückt er auf den Auslöser. Jetzt ist das Bild in der Kamera drin. Sofort geht der Mann weiter, zufrieden. Das kann er auch sein, denn er hat absolut frisuradäquat agiert und ist seinem Pop médiéval vollkommen gerecht geworden, indem er das vorhandene Kulturgut mit den ihm zur Verfügung stehenden Mitteln kopierte. Er wird das Bild auf seiner Festplatte konservieren, so wird es nicht verlorengehen. Er hat es, wenn auch nur im konkreten Sinne.

V

In München auf der Theatinerstraße, in der Fußgängerzone also, aus der die schöne Innenstadt besteht, fragt mich ein etwa dreizehnjähriger Junge mit sächsischem Akzent, ob ich wüßte, wo der nächste McDonald's sei. Als ich ihm sage, daß ich auch nicht von hier sei, seufzt er auf und geht wortlos weiter in Richtung Odeonsplatz. Das ist die falsche Richtung, stelle ich am nächsten Tag fest, der nächste McDonald's liegt nämlich am Karlsplatz. Seinen Namen hat er draußen sechsmal dranstehen. Das hört sich viel an, sieht aber recht dezent aus. Dreimal steht der Name in schmalen weißen Neonbuchstaben so da, wie man ihn kennt, in lateinischer Schrift, aber dazwischen steht er, nicht in Neon-, sondern in durchsichtigen Plexiglasbuchstaben, in anderen Alphabeten da: arabisch, kyrillisch und japanisch. Der arabische Schriftzug steht ganz rechts, und da arabisch von rechts nach links gelesen wird, bedeutet das für den Arabischleser, daß er ganz am Anfang steht. So bedeutet der Westen dem Orient seinen guten Willen, indem er als allererstes ihn zu seinen berühmten Hamburgern in Selbstbedienung einlädt.

Zwei authentische Berichte von damals

1983

Zwischen Wohnhochhäusern ist eine kleine Parkanlage, nachmittags um vier sind dort Menschen, im Sommer. Spielende Kinder, freundliche Rentner, junge Mütter mit sauberen Babys in neuen Kinderwägen, breite Männer in mittleren Jahren, mit Zigaretten, die klein sind in den wuchtigen Händen, den großflächigen Gesichtern unter nassem Haar. Die Buben auf ihren Fahrrädern. Die Mädchen in ihren neuen Schuhen. Die Ausländer etwas abseits. Die Rentnerin faltet ihre Zeitung mit Sorgfalt zu einem schmalen Streifen und schlägt ihren Hund damit. Der Vater wuschelt seinem Sohn die Haare, daß der hinfällt, übermannt von soviel Zärtlichkeit. Die Babys schreien noch. Die Buben machen Mutproben und rasen geradewegs auf die Hauswand zu, wer als letzter bremst, hat gewonnen, wer sich den Kopf blutig rennt, hat verloren. Die Mütter schütteln die Kinderwägen. Die Rentner schimpfen. Die Ausländer lachen. Der Rasen ist nicht grün.

Was ist es. Nein. Es ist. Durch welche Straßen soll man gehen, wen soll man treffen, soll man jemanden treffen. Scheint die Sonne. Die Sonne scheint. Die Sonne scheint nicht. Unter den Straßenbäumen hüpfen Spatzen, daß es Spatzen gibt. Am Abend sind Fenster erleuchtet, wie heimelig, ist es in den Wohnungen gemütlich. Es ist nicht gemütlich. Es ist doch gemütlich. Die Feuerwehr hat viel zu tun und die Notärzte auch, aber die Leute wollen leben, weil sie kein Geld für Särge haben. Viele kleine Kekse machen keinen Kuchen. Die Kinder verstehen das. Die Erwachsenen wollen das nicht hören. Kommt woher die Kinderliebe. An den Kirchturmspitzen die roten Lichter sind für die Flugzeuge. Die Bäume wachsen nach unten, die Raketen fliegen woandershin. Die Sätze zerfallen und die Wörter haben keinen Sinn. Wer hat geglaubt, was die Eltern erzählten. Jetzt glaubt man es aber doch. Es ist kein Ende abzusehen. Wohin wenn woher, woher wenn wohin. Ein Weg hat immer eine Richtung, bloß welche. Die Physiker haben keine Sorgen, die können die Welt erklären. Die meisten anderen auch. Nützt nichts. Zerfällt die Welt. Die Welt war immer viele kleine Kekse und kein Kuchen und Gott ein Gebrüll auf den Gassen.

Die Häuser die Straßen die Autos da kommt einer ist der ein Feind. Die Sonne der Himmel die Bäume die Katzen die Ratten. Die Kinder. Die Einkaufstüten. Die Supermärkte. Der Weltuntergang. Die Türen die Fenster die Zimmerpflanzen die Klingelschilder die Hundescheiße. Die Ampeln. Die Gesetze. Der verschlagene Blick. Die enge Hose. Die spitzen Stiefel. Der Ekel. Die Zeitungen die Zeitschriften die Pornoheftchen die Videoläden die Bilder die Plakate. Für Liebe gibt es kein Fremdwort. Das hat nichts zu bedeuten. Die Mutter schlägt das Kind. Das Kind schlägt das kleinere Kind. Der Vater schlägt die Mutter. Alle haben Hunger. Die Musik die geöffneten Kneipentüren der Bierdunst. Das Gefühl welches Gefühl. Die Fragen. Der dunstige Samstagnachmittag. Die Sauberkeit die Frisuren die Kleider die Schuhe. Die Langeweile. Die Angst. Das Alleinsein. Der leere Bauch. Der immer leere Bauch.

Der niemals nicht leere Bauch. Die Angst. Der Dreck. Die Abfalleimer die kalten Pommes frites die leeren Bierdosen die zerbrochenen Bierflaschen. Der Alkoholismus, die Gesellschaft. Der einzelne. Die Familien die Blutbande die Sippenhaft. Der röhrende Hirsch. Die Angst. Die Stille die Beschäftigungen der Haushalt die Verwandten der Schwiegersohn das mickrige Baby. Die Angst. Die Stille. Die Unruhe. Die Lüge. Die Angst. Die Wahrheit. Die Angst. Der Verfolgungswahn. Die Löcher in den Sohlen in den Strümpfen in den Unterhosen in den BHs in den Zähnen in den Herzen. Das Ganze. Die Angst. Der Zerfall. Der Verfall. Der Fall. Der Niedergang wovon. Keine Fragen, nur Antworten. Die Angst. Der Körper. Das Anhängsel. Die Seele. Das Anhängsel. Die Triebe. Das Anhängsel. Das Eigentliche. Das Schöne. Das Wahre. Das Edle Hilfreiche Gute. Die Angst der Verfolgungswahn die Krankheit der Irrsinn. Die Scheiterhaufen. Die Folter. Das System. Der einzelne. Die Gesellschaft. Die Dummheit. Die Verblendung. Die Spiegelung. Die Angst der Verfolgungswahn die Krankheit der Irrsinn.
Die Angst.
Der Verfolgungswahn.
Die Krankheit.
Der Irrsinn.

1990

Überall diese Gesunden es wimmelt nur so davon, sie laufen in Rudeln durch die Stadt und verbreiten ihre penetrante leere Gesundheit, manche schminken sich auf krank, um so ekelhafter diese gesund glotzenden hohlen Augen in diesen Gesichtern mit denen sie einen anstarren wie ein fremdes Tier. Ich bin ein fremdes Tier muß ich denken wenn wieder eine Horde Gesunder an mir vorüberzog dann werde ich ganz klein ganz klein sitze ich dann in der Ecke, ganz klein, ich halte mich ja meistens an Bushaltestellen auf, in öffentlichen Verkehrsmitteln immer bin ich gerne damit gefahren es war so aufregend früher ich alleine im Bus ich Kind ich klein ich großes Auge, ob ich damals auch so gesund war?

Nein das kann ich mir gar nicht vorstellen sonst wäre ich doch später auch so ein gesundes Monster geworden.

Auch in der Firma grölen sie einem ihre Lache entgegen, diese Frauen, diese Männer, die rundum zufrieden sind mit ihrem Leben, die alles gut finden was ihnen angeboten wird, die nichts anderes wollen als was sie sich leisten können von ihrem Angestelltengehalt, die sich bei C&A modisch einkleiden, die Reiseprospekte studieren, die ihr Auto pflegen und ihre billigen Möbel, die wissen wieviel ein Kind im Monat kostet, die jeden Tag auf die Minute genau zur selben Zeit zur Arbeit kommen, wie mich das anekelt.

Ein ganzes Leben hat der Reisende zurückgelassen, ein ganzes Leben nimmt er mit. Wie die Welt dort aussieht, wo er herkommt, ist denen egal, die dort leben, wo er ankommt, und von deren anderem Leben nun er nichts weiß. Nur seinen zerbrechlichen Körper bringt der Reisende mit, auch seine Kleider und was er sonst nicht entbehren will oder kann. Er durchfliegt den weißen Weltenlärm und ist dabei selbst ein Brausen, wenn auch nur ein kleines, im großen der Elemente. Wenn das Ziel näher rückt, nimmt der Lärm Konturen an. Er teilt sich auf in maschinell und in natürlich erzeugten und ist bald nicht mehr weiß, sondern wird schon bunt, bis das Rauschen von Wasser, Erde, Feuer, Luft übergeht in das von Mensch und Tier und Pflanze erzeugte zum einen und das Lärmen der Maschinen zum anderen. Das sind die verschiedenen Seiten des Lärms, sie liegen ineinander wie die eines Buches. Wo er es aufschlägt, kommt der Reisende an, und die Welt wird auf einen Schlag erschaffen in dem Moment, da er aus dem Flugzeug steigt.

Der Flughafen sieht schon anders aus als der, durch den man ihn schleuste, bevor er sein Flugzeug bestieg, und kaum hat er diesen neuen fremden Flughafen verlassen, beginnt er die neue fremde Welt zu ahnen, durch die er seinen kleinen Körper fortan bewegen wird. In der Ferne liegt die neue Stadt, und die Straßen, die hineinführen, sind für die Maschinen gebaut. Er darf darauf nicht laufen, sondern muß sich fahren lassen.

Nun gibt es eine Stadt, wo vorher gar nichts war, und sie ist so leer von ihm, wie die Stadt, aus der er aufbrach, voll war von ihm. Hier hat er noch nichts erlebt, das Leben dort aber ist beendet. Eine ganze leere Stadt ist hingebreitet vor den Reisenden, damit er sie ausfülle mit seinem Leben und womöglich auch mit seinem Sterben.

Jetzt ist die Reise zu Ende.

Wie laut ist es hier?

Der Reisende verläßt den Flughafen und läßt sich zu dem Zimmer fahren, in dem er sich ausbreiten darf; das hatte er schon vor der Abreise, in seinem alten Leben noch organisiert. Wenn er schließlich dort angekommen ist, in diesem Zimmer, das fremd ist, das er aber, wenigstens im Moment, seines nennen darf, hat er bereits eine erste Vorstellung von der neuen Stadt, da ist sie schon nicht mehr ganz leer. Und dann legt der Reisende sich ins Bett, womöglich hat er vorher geduscht, und hört auf die Straßengeräusche, die durchs Fenster hereindringen, und stellt fest, daß sie ganz anders sind als an dem anderen Ende der Welt, von dem er aufbrach. Er hat mehrere Zeitzonen durchflogen, er ist müde und wäre schon gar nicht mehr auf den Beinen, wenn er keine Reise gemacht hätte, sondern noch dort wäre, wo er herkommt.

Der Körper hat bald ausgeschlafen, doch die Seele reist langsam. So sagte man früher. Heute erklärt man es andersherum und nennt den Zustand zwischen dem Ende der Reise und der eigentlichen Ankunft Jetlag. Dieser Jetlag nun schiebt sich zwischen die beiden Bewußtseinszustände des Reisenden. Er ist eine dicke Wattewand zwischen seiner alten Stadt und seinem gewohnten Leben und der neuen Stadt mit diesem neuen Leben, das zwar seines ist, das er aber noch nicht kennt. Diese Wattewand hilft dem Reisenden, das zu vergessen, was dort war, wo er herkam, und sich auf das zu konzentrieren, was da sein wird, wo er jetzt ist.

When in Rome, do as the Romans do. Nach dieser Methode wird der Reisende seine Ankunft zu beschleunigen suchen, denn er weiß, daß es eine Weile dauern wird, bis er Tag und Nacht zur selben Zeit erlebt wie die Bewohner der neuen Stadt. Und wenn er das dann lange genug getan haben wird, also zur selben Zeit wie die Fremden, die jetzt seine Nachbarn sind, die Tage und Nächte begonnen haben wird, und wenn in seinem Körper nur noch das Essen sein wird, das diese essen, und er das frühere Essen schon gar nicht mehr vermißt, wenn auch immer wieder ersehnt (denn der Körper bleibt ebensogern bei seinen Gewohnheiten wie die Seele), wird der Reisende kein Reisender mehr sein und auch kein Neuankömmling, sondern ein Ortsansässiger, und er wird feststellen, daß er im Grunde ebendasselbe Leben führt wie einst, zwar mit einigen kleinen Abweichungen, aber im großen und ganzen ist es doch dasselbe Leben. Seins eben, sein eines kleines Leben, das so zäh an seinem zerbrechlichen Körper haftet, daß er sich zu fragen beginnt, warum er diese große Reise überhaupt antrat, warum er sein Leben so grundlegend ändern wollte, daß er das gewohnte mit einem fremden vertauschte. (Jetzt ist es nur noch ein scheinbar fremdes.) Es könnte sein, daß der Reisende, wenn er bei diesen Fragen angekommen ist, zu seiner nächsten Reise aufbricht.

Musik für Flughäfen

I

Da kommt die Sehnsucht mit ihren riesenroten Boxhandschuhen und schlägt mich nieder mit zwei oder drei Geraden direkt ins aufgequollene Herz, das diesem brachialen Angriff nicht standzuhalten vermag. Es zerplatzt, und wie aus einem überreifen Granatapfel rinnt der fröhlichrote Saft von meinen Augen herunter. Der Lebensrichter zählt mich aus, die Sehnsucht läßt sich die Handschuhe aufbinden und schüttelt ihm kameradschaftlich die Hand, aber der reißt sie hoch. Mich rührt das alles wenig; ich liege am Boden und träume von dir.

II

Wenn mir wenigstens einmal einer etwas angetan hätte!

Ich meine, einer, den ich mir selber ausgesucht hätte.

Wenn mir einmal so einer etwas angetan hätte, dann könnte ich das verstehen, dann wäre es völlig klar.

Oder vielleicht auch nicht völlig klar, aber doch eher klar als so.

Ich meine, daß ich immer so verrückt geworden bin.

Nicht »so verrückt«.

Daß ich immer vollkommen verrückt geworden bin an denen.

Jede Liebesgeschichte ein Ausflug in den Wahnsinn, wirklich jede, wirklich in den Wahnsinn, wirklich.

Wirklich in den Wahnsinn. Pathologisch. Wirklich. Jede.

Aber das kommt doch gerade daher, daß sie dir nichts angetan haben.

Du meinst, daß sie nichts von mir wollten.

Ja, daß sie nichts von dir wollten.

Ja.

III

Und dann war es, als hätte mir einer das Herz zertreten. Hat ja auch einer. Als hätte jemand die Liebe abgehackt. (Nur daß ich sie selber hatte abhacken müssen.) Es war ein körperlicher Schmerz. Mein Herz verkrampfte sich, bis ich keine Luft mehr bekam. Ich habe gehechelt, dann geschluchzt.

Gehechelt, dann geschluchzt.

Konnte kaum noch atmen. Als hätte mir jemand das Herz zertreten. Als wäre mir die Liebe mit der Axt abgehackt worden. Als wäre mir bei lebendigem Leibe die Liebe abgehackt worden, mit der Axt amputiert. So hat das weh getan.

Gehechelt, dann geschluchzt. So hat das weh getan.

Dann lag ich im Bett und löste mich auf. Meine Seele flog davon. Ich konnte mich nicht bewegen. Ich konnte mich nicht bewegen, war aber nicht schwer dabei, sondern leicht. Es war ja nur meine körperliche Hülle, die noch da war. Sie ist zwar schwer, aber natürlich viel leichter als meine Seele in Wirklichkeit.

IV

Ich bin zu ihm hingefahren, nein, nicht wirklich zu ihm, sondern nur dorthin, wo er wohnte, zu dem Haus halt, in dem er wohnte. Ich hatte zwar seine Adresse, wußte aber nicht, wo genau er in diesem Haus wohnte. Es war ein großes Gebäude mit zehn Stockwerken, ein grauenvoll häßliches Haus. Wenn ich das vorher gewußt hätte, daß er in einem so scheußlichen Haus lebte, hätte ich mich gar nicht in ihn verliebt, da bin ich mir ziemlich sicher. Lieber obdachlos sein, als in so einem ekelhaften Haus wohnen! Aber so stand ich vor diesem beschissenen Haus und schaute mir die scheißerleuchteten Fenster an und dann auch die scheißnichterleuchteten, also die dunklen, und fragte mich, hinter welchen der vielen Scheißfenster er wohl wohnte, welche wohl zu seiner Wohnung gehörten, welche er wohl putzte oder auch nicht. Dann drehte ich mich um, damit ich eine Vorstellung von der Aussicht bekäme, die seine alltägliche ist, und fand die Aussicht genauso beschissen wie das Haus, in dem er wohnte, weil auf der anderen Straßenseite wieder so ein grauenvoll häßliches, widerliches Haus stand und dahinter noch eins und dann wieder eins. Überhaupt stand ja die ganze Stadt voll mit ekelhaften Häusern, in denen widerliche Leute wohnten, die ich alle weder kannte noch je kennenlernen wollte und die alle auch mich nicht kennenlernen wollten, weil sie für mich ja gar keine Zeit gehabt hätten und mit mir sowieso überhaupt gar nichts hätten anfangen können und mich bloß irgendwie komisch gefunden hätten, um es mal vorsichtig auszudrücken. Viel wahrscheinlicher ist, daß sie mich einfach zum Kotzen gefunden hätten, so wie ich sie ja auch alle zum Kotzen fand. Sowieso und von vornherein. Damals war ich verrückt. Und natürlich war ich auch irgendwie ziemlich komisch, und zwar auf eine sehr unangenehme Art, wie ich da vor seinem grauenerregend scheußlichen, beschissenen Haus stand und hinaufglotzte wie ein bescheuerter Blödhund, dem sein beknacktes Doofherrchen abhanden gekommen ist, in der Hoffnung, wenigstens einen flüchtigen Blick auf den Gegenstand meiner Anbetung zu erhaschen. Nein, nicht einmal einen Blick zu erhaschen, das wäre schon zuviel gewesen, sondern um mich wenigstens in der Aura des nichtswürdigsten Gegenstandes meiner alleredelsten Anbetung zu befinden, das war es eher. Allerdings – wenn er mich gesehen hätte, wie ich da stand, wenn er die Liebe, wie sie sich da in meiner Person so unerbittlich manifestierte, gesehen hätte – ja, damit hätte der allernichtswürdigste Gegenstand meiner hochedlen reinsten Kleinmädchenanbetung, das Arschloch halt, damit hätte das Arschloch doch gar nichts anfangen können.

Am Ende habe ich wahrscheinlich zu heulen angefangen, ich weiß es nicht mehr. Nein, wahrscheinlich habe ich erst zu heulen angefangen, als ich wieder im Auto saß und heimfuhr. Womöglich habe ich auch erst daheim zu heulen angefangen, aber das ist eher unwahrscheinlich. Beziehungsweise habe ich daheim ja sowieso die ganze Zeit geheult, da werde ich die schöne Gelegenheit, auch einmal außer Haus zu heulen, gewiß nicht haben vorübergehen lassen. Werde ich gewiß nicht haben vorübergehen lassen. Werde ich gewiß zu nutzen gewußt haben. Es ist ja immer noch zum Heulen.

V

Manchmal denke ich, ich könnte eine Wolke werden in die er wenn er in mich hineinflöge das wäre eine weiche Begegnung denn er ist ein großer Vogel und er flöge weniger in mich hinein als daß er mich umarmte mit Schwingen wie ein Kondor das ist ein sehr großer der größte Vogel und ich wäre eine riesengroße Wolke die er mit seinen Flügeln umarmte zusammendrückte aber ganz weich und ich wäre eine riesengroße Wolke wie der Himmel so groß und wäre so klein geworden daß ich in seine Kondorschwingen hineinpaßte und wäre immer noch genauso groß und ich wäre der ganze Himmel und doch von einem Vogel umarmt das wäre das Glück. Es wäre auch andersherum möglich daß ich die Wolke den Vogel umschlösse ihm genau soviel Platz wie der Vogel bräuchte um sich geborgen aber nicht beengt ich bin eine Vogelwolke und er ist ein Wolkenvogel, es wäre alles beides möglich das wäre das Glück er ist so gut. Mein Herz ist gebrochen aber es tut gar nicht weh es ist ja schön daß mein Herz in so viele viele einzelne Teile zersplittert die alle sind das Wolkenteile die sind leicht aber ich spüre sie doch, die sind die Luft die trägt aber man kann doch durch sie hindurchatmen und sie atmet sich auch durch einen hindurch sie ist außen und ist fest aber, wie die Luft um mich herum wie die Luft die mir genau meinen Platz läßt den ich meinem Körper genügend Raum soviel wie er braucht und das ist die Luft aber das ist auch er das stelle ich mir vor wie er meine Luft ist das wäre so schön.

VI

Copy and paste: Auf einen Anruf warten. Drag and drop.

VII
Music for Airports

Der Flughafen Tegel ist wie ein Ring angelegt. Von der Haupthalle aus geht man zu den Gates, und wenn man lange genug an den Gates vorbeigegangen ist, kommt man wieder in der Haupthalle an, die etwas höher liegt als der Gang, an dem die Gates liegen. Der Flughafen ist nicht groß. Man kann ihn liebgewinnen.

Ich fuhr am Morgen mit dem Bus hin, erst mit der U-Bahn, dann mit dem Bus, um genau zu sein, in der U-Bahn mußte ich einmal umsteigen, um ganz genau zu sein, also Bahn, Bahn, Bus. Dann war ich da, aber er nicht. Was kein Wunder war, schließlich wußte ich gar nicht genau, wann er wieder abfliegen würde, nur den Tag hatte er mir gesagt. Ich hatte ja auch nicht gewußt, daß er herkommen würde. Er war nur plötzlich wieder dagewesen und brachte mir die Schallplatte zurück, die ich ihm Jahre vorher geliehen hatte: Stevie Wonder, Songs in the Key of Life. Mehr wollte er nicht. Sonst wollte er nichts, von mir speziell schon gleich gar nicht. Er wollte gar nichts mehr von mir. Wie hassenswert er Deutschland finde, sagte er mehrere Male, und daß man von oben sehen könne, wann man die Grenze überflogen hat, weil die Lichter plötzlich in Reih und Glied stünden (er ist vielleicht noch nie über Amerika geflogen oder über Sibirien), und wie froh er sei, nun wohl zum letzten Mal hier zu sein. Er sei jetzt verheiratet, sagte er. Dann war er wieder weg. Das war alles. Ich war am Boden zerstört. Das war ja klar.

Als er da war, legten wir die Platte auf, und er tanzte und lachte mich an, und ich stand stocksteif da und war überwältigt davon, wie lebendig er war und wie tot ich.

(I wish those days could come back once more. Why did those days ever have to go? I wish those days could come back once more. Why did those days ever have to go? I loved them so.)

Weil der Flughafen Tegel ringförmig angelegt ist, kann man dort endlos verzweifelt sein. Man kommt nie zu einem Ende, sondern kann vielmehr um und um und immer weiter herum und ohne Ende im Kreis herumlaufen, man muß nicht hin und her gehen, sondern immer nur um und um und rundherum. Höchstens, daß man irgendwann vor Erschöpfung zusammenbricht. Theoretisch.

Praktisch bin ich natürlich lange vorher gegangen. Praktisch kam mir die Verzweiflung irgendwann blöd vor und dann gleich abhanden. Beschallt wurde der Flughafen meiner Verzweiflung mit »Music for Airports«, einer Komposition von Brian Eno aus dem Jahre 1978. Daß sie die am Flughafen laufen ließen, war irgendsoein Kunstprojekt, wie meine Verzweiflung ja auch. So paßte alles gut zusammen.

VIII

Ich habe es sogar schriftlich. Er hat mir geschrieben, daß er nicht will, daß ich mich für ihn interessiere. Daß er sich dadurch nicht geehrt fühle, sondern es ihm bloß auf die Nerven gehe. Als ich das las, wurde mir ganz heiß, es ist mir heiß den Rücken hinauf und hinunter gelaufen. Ich saß da wie erstarrt, aber eigentlich war ich sehr froh darüber. Das war der einzige, der mir das je so gesagt hat, wie ich es hören wollte. Die anderen sind ja einfach weggeblieben. Natürlich ist er ein Arschloch. Aber die anderen haben dadurch, daß sie keine Arschlöcher sein wollten, das Elend viel unerträglicher gemacht als dieser. So daß dieser in Wirklichkeit gar kein Arschloch ist, sondern so gut zu mir war, wie es sonst nur die besten Freunde sind. Denn mit ihm, das war wenigstens eine klare Sache: will nichts von mir, fertig, aus. Das war gut, weil ich ja in Wahrheit auch nichts von ihm wollte. Ich hatte mir das ja nur ausgedacht. In Wahrheit habe ich nicht ihn gemeint, sondern die Liebe. Ich wollte Liebe in meinem Leben, und weil ich keinen Mann fand, den ich hätte lieben können, gleichzeitig aber glaubte, ohne Liebe nicht sein zu können, habe ich mir immer welche gesucht, mit denen ich Liebe spielte. Er war der einzige, der richtig reagiert hat. Wie ein Arschloch. Dafür bin ich ihm geradezu dankbar. Denn danach hat das aufgehört mit der Liebe.

IX
Musterbriefe

Lieber [Mann],
dich kannte ich so freundlich und liebenswert und charmant und sanft und um gutes Benehmen stets bemüht. (Was allerdings gutes Benehmen wäre in diesem Fall? Ob das wohl gentlemanlike ist, die Dinge so vergehen zu lassen, als zählte nichts; so zu tun, als sei gar nichts gewesen?)

Als Trinker kannte ich dich auch, das ist schon wahr, aber ich habe nie darüber nachgedacht, denn es war nicht nötig. Wir kannten uns ja kaum.

Du sahst so glücklich aus und hast so schön gelächelt, immerzu, immer wieder, ein glücklicher kleiner Hase warst du. So schön sahst du aus!

Und eine große Überraschung warst du, so erwachsen, so schienst du, so, wie ich lange keinen mehr kannte und vielleicht noch nie. Vielleicht noch nie einen, so wie du einer bist. Einer schienst, mir einer schienst, so ein ganz anderer – als die anderen ein anderer –, so ein ganz besonderer. So ein Du.

Und so eine Art von Du, dachte ich, könntest du werden, so einer, der manchmal da wäre und meistens fort, aber nicht fern. So einer, stellte ich mir vor, so einer könntest du doch werden, und das hätte gut werden können. So dachte ich leise.

So einer, den ich hätte liebhaben können auf fast dieselbe Art, wie ich dich schon immer liebhatte, auf eine Art, die am Leben nicht hindert, es vielmehr beflügelt, aber nun.

Es war so schön, bei dir zu liegen, und du küßt so gut wie kaum einmal einer, und du machst mit deinen Händen das, was ich mir wünsche, daß es einer macht, weil es mich glücklich macht.

Aber du. Du hattest das alles schon vergessen, ich meine, was wir miteinander aneinander ineinander tun können, das alles hattest du schon vergessen, tun könnten, als du die Tür hinter dir geschlossen hattest, hätten tun können, da war das schon ein potenzierter Irrealis, und ich werde das jetzt auch vergessen, was ich dachte, daß wir tun können, könnten: hätten tun können, miteinander aneinander ineinander, und hatte sowieso gleich vergessen, was deine letzten Worte eigentlich waren, die du zuvor, die Hand schon auf der Klinke, wenn auch auf der falschen, nämlich der zum Klo, wie in einer Ansprache sagtest. Also war es eine, Ansprache eine, und so sprachest du famous last words. Oder infamous last words? Irgendeine Scheiße halt. Wenn ich sie mir doch gemerkt hätte. Vielleicht. Verstünde ich dann, warum du nun kein solcher mehr bist, wie ich dich kannte, kein Freundlicher, Liebenswerter, Charmanter, Sanfter, um gutes Benehmen stets Bemühter, kein solcher mehr. Sondern bloß irgendsoeiner.

Und warum ich mir einen Zettel in die Stirn heften muß, damit ich mir das merke: keine betrunkenen Männer mit nach Hause nehmen! Als hätte ich das nicht längst gewußt, daß diese Woge des Begehrens, mit der einen so ein betrunkener Mann (so wie du einer warst) überwältigt, nicht einen selber meint, sondern die Frau im allgemeinen. Das darf man nicht persönlich nehmen. Wenn man's aber doch tut, muß man hinterher solche Briefe schreiben wie diesen hier.

Herrjeh, was für ein läppisches Ende das ist für etwas, das nicht wie ein Anfang schien, sondern so, als wären wir einfach ein Zimmer weiter gegangen. Als wären wir über die Schwelle getreten, weil die Tür gerade offenstand.

Es schien mir ganz einfach und ganz natürlich.

Und wie wenig das nun ist.

Vorher war viel mehr, als noch nichts war. Da war mehr.

Sünde, die Zeit so zu vertun und das Gute, das in einem ist, so zu verschleudern. Sünde. Und schade.

Wie schade das nun ist.

Liebe [Frau],
mit Kanonen sehe ich dich auf Spatzen schießen, am Morgen schon verzweifelt sein, dem Milchmann Wünsche unterstellen, nur ein Baby wünschst du dir nicht, wenigstens das. Und wenn du es vorher schon wußtest, warum sollte ich es dir hinterher sagen? So geht es eben, so ist das halt, und das weißt du genau. Also sei jetzt kein Mädchen (denn wenn du eins wärst, hätte ja ich mit Kanonen auf Spatzen geschossen, aber ich bin doch auch nicht blöd), sondern sei eine Frau. Bleib so schön, wie du bist, sieh meine Hände stets das Bierglas heben, meine Lippen an den Zigaretten saugen, und ruf mich nie wieder an.

X

Wie er da stand. So allein und ganz für sich. Eine ganze Person, mit allem, was einen Menschen ausmacht, so stand er da. Er trug seinen Motorradanzug, der an der Brust blau abgesetzt ist, den Helm hatte er unter den linken Arm geklemmt, mit der rechten Hand griff er sich ans Herz, dachte ich, aber tatsächlich langte er in seine Jacke hinein an die Innentasche über der Brust. Er stand einfach neben seinem Motorrad und kramte nach seinem Geldbeutel, bevor er am Kiosk anstand, um sich etwas zu kaufen, das war alles. Er schaute weder ins Leere noch auf eine bestimmte Stelle. Sondern bloß so vor sich hin.

Wie er da stand. Mir wurde fast schlecht, so sehr liebte ich ihn. So sehr, wie ich ihn bis zu diesem Moment noch nie geliebt hatte. Als würde eine bestialische Kraft in mir aufgehen und nach allen Seiten hinausdrängen, langsamer als eine Explosion, aber ebenso unerbittlich. Aus meiner Mitte heraus, es war ein körperlicher Schmerz, und er war gewaltig. Wie ich ihn liebe! dachte ich, und daß ich verloren sei, weil ich mehr nicht denken konnte als nur, wie sehr ich ihn liebe, und weil es mich nur noch in dieser Liebe gab. Das war alles. Ich bestand aus dieser Atombombenliebe, die ich fast nicht aushalten konnte und die mir von innen die Luft abschnürte, allein.

Wie er da stand. Das war der Körper, den ich so gut kannte, von außen besser als meinen eigenen. In seinen Motorradanzug gepanzert, war sein Körper allerdings nicht so deutlich zu erkennen. Das dicke Leder trennte ihn deutlich ab von der Welt, grenzte ihn ein in sich und machte ihn deutlich zu einem einzelnen. Zu dem einzelnen, den ich liebte! Wie mein Leben. Und er war auch unfaßbar schön. Andere Leute, die ihn nicht liebten, hätten ihn vielleicht beschreiben können, wie er da stand, der Polizeibericht kann das auch, aber ich hätte das nicht gekonnt. Ich wäre mir – vielleicht wegen des Motorradanzugs, der seinen Körper so deutlich abschloß von der Welt – schon komisch vorgekommen, wenn ich gesagt hätte: »Dieser Körper ist wie meiner, den kenne ich um und um.« Er gehörte auch gar nicht zu meiner Welt in jenem Moment, da ich ihn so liebte, daß es weh tat, sondern er war ganz für sich, in seiner Motorradanzugwelt.

Ganz für sich stand er da und sah mich nicht. Er konnte nicht wissen, daß wir an diesem Rasthaus anhalten würden. Wir hatten eigentlich ganz woanders hinfahren wollen, Marietta und ich, und ich hatte auch nicht gewußt, wo er hinfahren wollte mit dem Motorrad. Ein doppelter Zufall, er war vom Himmel gefallen. Darum liebte ich ihn in dem Moment so sehr, daß ich dachte, es zerreißt mich: weil er ganz für sich war, ein Solitär. Ganz für sich, ein einzelner Mann, ein einziger, der einzige: mein einziger Mann.

Ich machte mich natürlich nicht bemerkbar. Wenn er mich gesehen hätte, wenn er auf mich zugekommen wäre, wenn er irgend etwas gesagt hätte – das hätte ich nicht ertragen. Vielmehr hätte ich mich ihm sofort vor die Füße werfen und ihn anflehen müssen, mich zu erlösen von dieser Liebe, weil ich es nicht aushalte, wie sehr ich ihn liebe, und er hätte mich wahrscheinlich für völlig verrückt gehalten. Nach all den Jahren. Und er ist sowieso ein eher nüchterner Mensch. Also saß ich bloß im Auto und schaute ihn an, während ich darauf wartete, daß Marietta vom Klo zurückkäme.

Als sie aus dem Rasthaus kam, stand er schon am Kiosk. Es waren zwei Leute vor ihm dran, und er stand ziemlich breitbeinig da. Das allerdings fand ich befremdlich, und es gab meiner Liebe einen Stich. Derartig breitbeinig dazustehen, gehörte sich nicht für einen Mann, den ich so liebe, daß es weh tut. Und was ihn mir vollends entfremdete, war, daß Mariettas Weg zwar seinen Blick kreuzte, er sie aber, als sie an ihm vorbeiging, nicht anschaute. Nein, er schaute sie schon an, aber wie einen Gegenstand. Er schaute sie nicht so an, wie ein Mann eine Frau anschauen sollte oder überhaupt ein Mensch einen anderen, also wenigstens freundlich, sondern er schaute sie an wie einen Mast an der Eisenbahn, der einem, wenn man im beschleunigenden Zug steht, für den Bruchteil einer Sekunde die Sicht nimmt (so kurz, daß man es weniger mit dem Auge und mehr mit dem Verstand registriert, das Vorübergehn der Stäbe). Wie ein Stück Holz schaute er Marietta an und bemerkte gar nicht, was für eine schöne Frau sie ist und daß sie außerdem noch lächelte, wie sie es ja meistens tut. So aber durfte er nicht schauen, wenn er von mir geliebt werden wollte! Nein. Nein, nein. So jemanden kann ich nicht lieben, der einen Menschen anschaut, als wäre es keiner. Und so liebte ich ihn überhaupt nicht mehr.

Der körperliche Schmerz, den mir die Liebe verursacht hatte, war aber noch nicht verklungen, die

Anspannung war noch da, als Marietta die Fahrertür aufmachte. Ich schaute nicht zu ihr hin, weil ich weiter den Motorradfahrer anstarrte, den ich für ein paar Minuten so geliebt hatte, als wäre er nicht nur der Mann meines Lebens, sondern wir außerdem seit Jahren verheiratet, und die Liebe wäre gerade neu entflammt, und zwar heftiger als je zuvor.

»Was ist?« fragte Marietta beim Herumdrehen des Zündschlüssels.

»Ich hatte gerade einen schweren Liebesanfall«, sagte ich und starrte jetzt ins Leere.

Marietta lachte. »Besser als ein Hustenanfall«, sagte sie und verdrehte sich auf ihrem Sitz, weil sie rückwärts ausparken mußte.

»Ich habe gerade diesen Motorradheini da drüben mehr geliebt als mein Leben«, sagte ich.

Beim Zurückdrehen schaute sie mir kurz in die Augen. »Aber dann war dir dein Leben doch lieber?« fragte sie.

»Ich weiß nicht«, sagte ich. »Wahrscheinlich.«

Marietta fuhr zügig auf die Autobahn.

»Wahrscheinlich war mir mein Leben doch lieber.«

Dann achtete ich ebenso auf den Verkehr wie sie, und später, beim Spazierengehen, sprachen wir gar nicht von der Liebe. Wie auch.

Und wozu auch. Was hätten wir denn da sagen sollen.

XI
Alleinsein

Keiner zum Reden. Keiner zum Streiten. Keiner zum Händchenhalten. Kein »I've got you, babe«. Kein Zeug, das herumliegt. Keiner, der abgespült hätte, wenn man nach Hause kommt. Keiner, der schon mal das Auto holt. Keiner, der die Tür hinter sich zuknallt. Keiner, der mal was kocht. Keiner, der einem was erzählt. Keiner, dem man was erzählen könnte. Keiner, der einen streichelt. Keiner, der mit einem vögelt. Keiner, der nicht mit einem vögelt. Keiner, der einem weiterhilft, wenn man nicht weiterweiß. Keiner, der ohne Telefon mit einem redet. Keiner zum Reden. Keiner zum Reden.

Es muß ein Mensch auf einen Menschen treffen, damit etwas in Gang kommt. Es muß sich etwas entzünden. Wenn ein Mensch auf keinen anderen trifft und sich nichts entzündet, dann geschieht nichts, kommt nichts in Gang. Es geht dann bloß alles immer so weiter. In Wahrheit geht dann aber gar nichts, in Wahrheit ist das der absolute Stillstand.

Der Kopfschmerz schlägt in Wellen an die Stirn von innen. Dann muß man ruhig stehenbleiben und warten, daß er wieder vergeht. Der Kopfschmerz kommt daher, daß der Körper, zu dem der Kopf gehört, zu lange im Bett gelegen hat. Er ist überschlafen. Der Mensch, der in dem Körper wohnt, wollte nicht aufstehen, weil er wußte, daß draußen nichts Neues geschieht, sondern vielmehr immer das gleiche, unabänderlich das, was in der Bibel der Prediger im Buch Kohelet so beschrieb: »Die Sonne geht auf, und geht unter, und läuft an ihren Ort, daß sie daselbst wieder aufgehe. Der Wind geht gegen Mittag, und kommt herum zur Mitternacht, und wieder herum an den Ort, da er anfing. Alle Wasser laufen ins Meer, noch wird das Meer nicht voller; an den Ort, da sie herfließen, fließen sie wieder hin. Es ist alles Tun so voll Mühe, daß niemand ausreden kann. Das Auge sieht sich nimmer satt, und das Ohr hört sich nimmer satt. Was ist es, das geschehen ist? Eben das hernach geschehen wird. Was ist es, das man getan hat? Eben das man hernach wieder tun wird; und geschiehet nichts Neues unter der Sonne. Geschiehet auch etwas, davon man sagen möchte: ›Siehe, das ist neu?‹ Denn es ist zuvor auch geschehen in vorigen Zeiten, die vor uns gewesen sind. Man gedenkt nicht, wie es zuvor geraten ist; also auch deß, das hernach kommt, wird man nicht gedenken bei denen, die hernach sein werden«: daher der Kopfschmerz. Immer dasselbe. Womöglich verschiebt es sich leicht und wird mit der Zeit etwas anderes, dann wäre es Minimal Music, aber das ist eher ungewöhnlich. Meist bleibt alles exakt so, wie es vorher war. Ganz genau so, wie es vorher war. Ohne Verschiebung. Immer dasselbe, immer dasselbe: Der Körper legt sich ins Bett, noch wird das Bett nicht voller. Der Körper, der sich hineinlegte, wird sich wieder daraus erheben, und es wird genau derselbe sein, und auch das Bett wird genau dasselbe sein, nur die Bettwäsche fängt irgendwann an zu stinken.

Mein unberührter Körper hat keine Halterung in der Welt, keine Umhüllung, keine Grenze, er ist grenzenlos, er ist unbegrenzt. Er ist statisch. Er ist eine zu große Wohnung. Ich möchte umziehen.

Er ist statisch nicht nur im Raum, sondern auch in der Zeit. Es entwickelt sich nichts, wenn kein anderer da ist. Wenn mein Körper sich an keinem anderen Körper reibt, ist er eigentlich nicht auf der Welt. Zwei Möglichkeiten gibt es, mit einem anderen Körper in Verbindung zu sein, in der Welt, an die Welt angebunden zu sein: wenn mein Körper sich an einem anderen reiben könnte und Funken schlagen. Oder wenn mein Körper einen anderen beherbergte, einen winzig kleinen, den ich nach gemessener Frist gebären würde. Dann wäre ich in der Welt. Wenn mein Körper mit einem anderen Körper verbunden wäre. Ich muß Funken schlagen mit meinem Körper, oder ich muß eine Hülle sein mit meinem Körper, ich muß mich reiben in der Welt oder umhüllen selbst als Welt, weil ich die Welt einem anderen Körper bin, die Hülle, die Welt ist eine Hülle. Wenn ich selbst eine bin, habe ich auch eine, dann spüre ich meinen Platz in der Welt. Dann habe ich einen. Platz in der Welt.

Ein anderer Körper ist die Verbindung in die Welt hinüber, die Anbindung. Womöglich ist es auch die Liebe, aber solange keine da ist, ist es das Vögeln. Wenn schon keine Geschlechterspannung da ist, dann sollte wenigstens Geschlechtsverkehr stattfinden, die direkteste Form der Geschlechterspannung, der sofort Entspannung folgt, mit der sofort wieder das Alleinsein anfängt. Also keine Fickbeziehung, die nützte nichts. So etwas geht auch gar nicht. Haben wir schon ausprobiert. Es geht nicht.

Es ist soviel Luft außenherum. Um was außenherum? Was ist drinnen? Drinnen ist nichts, außen nicht viel (pas grand' chose). Das einzige Loch mit Pfefferminz drumrum.

Dieser statische Zustand des unberührten Körpers ist die absolute Langeweile. Es gibt auch andere Formen von Langeweile. Es gibt zum Beispiel die Langeweile, die einen zum Heulen bringt. Das geschieht bei der Langeweile, die einem die anderen verursachen, wenn man also nicht sich selbst langweilt, sondern gelangweilt wird, und zwar zu Tode. Das empfinden schon Kinder so. Wenn man erwachsen wird, lernt man, diese sozial induzierte Form der Langeweile zu umgehen, das heißt, man lernt, sie rechtzeitig zu erkennen und ihr elegant auszuweichen. Allerdings gibt es interessantere Dinge, die man lernen könnte.

Dann gibt es die Langeweile, die von Geistesmenschen gelobt wird, von Siegfried Kracauer beispielsweise, weil sie dem kreativen Akt vorausgehe. So wird gesagt. Nach dieser Theorie wäre die Langeweile die Ruhe vor dem Sturm und wäre eine andere Art von Langeweile als die, die vom Alleinsein kommt und grundsätzlicher Natur ist. Die Ruhe-vor-dem-Sturm-Langeweile wäre die Entspannung, die es braucht, um auf andere Gedanken zu kommen, auf gute.

Ich schreibe das auf, weil ich es niemandem erzählen kann. Nicht, daß es etwas zu erzählen gäbe. Ich schreibe das auf, weil ich niemanden habe, mit dem ich reden könnte. Eigentlich schreibe ich das auf: daß niemand mit mir redet. Was ich also aufschreibe, ist dies: daß ich mich zu Tode langweile. Das schreibe ich auf. Daß nichts passiert. Daß nicht nur nichts passiert, sondern daß ich auch gar nicht wüßte, wie überhaupt noch einmal irgend etwas passieren könnte. Es steht wirklich alles schon in der Bibel, und ich kann es nur immer wiederholen, aber ich will mich nicht übers gewöhnliche Maß hinaus langweilen. Es steht ja schon oben. Es ist nichts passiert in der Zwischenzeit, und es ist immer dasselbe. Es ist immer weiter langweilig.

In der Wohnung ist es so laut, wie ich das will. Es bewegt sich, was ich will. Was ich liegenlasse, bewegt sich nicht, was ich stehenlasse, bleibenlasse, seinlasse. Es ist alles so, wie ich das will. Ich bin mit meiner Umgebung vollkommen im reinen, das ist nicht zum Aushalten. Manchmal räume ich um, dann ist es für einen Moment besser, dann ist etwas geschehen. Manchmal mache ich sauber. Aber selten.

XII

Gestern dachte ich, daß es Männer gibt, mit denen man vögeln muß, damit sie sich beruhigen, und andere, mit denen man vögeln muß, um durch die Filzschicht zu dringen, in die sie sich eingehüllt haben, die man aus sich herausvögeln muß, und so einer bist du.

Außerdem dachte ich, daß ich mit dir nicht reden muß, über gar nichts, und das gefällt mir sehr gut.

Vielleicht dachte ich das aber auch nur, weil ich mit dir in Wirklichkeit gar nicht reden kann.

Hier sitze ich in einem Liegestuhl, also mit hochgeklappter Lehne, fast aufrecht, geradeaus vor mir geht die Sonne unter oder noch nicht, sie steht über dem nächsten Dach, ich habe meine Sonnenbrille auf, deren rechtes Glas beschädigt ist, wie ich vor drei Tagen im Auto, als ich den Berliner Ring gerade hinter mir gelassen hatte, feststellte. Meiner Großmutter habe ich eine Zigarette gestohlen, American Spirit mittelstark, der Aschenbecher steht in einem Blumentrog, ich bin dumm von den vielen Leuten, die ich in den letzten Tagen um mich hatte, und vom vielen Autofahren. Jetzt schreibe ich dir, weil ich nichts sagen will und mir vorstelle, daß ich dir, mit dir, bei dir, daß ich dir auch nichts sagen müßte. (Meine Großmutter kam gerade mit der Gießkanne vorbei, und als ich ihr den Diebstahl beichtete, sagte sie: »Das freut mich!«)

Die Sonne ist gewandert, jetzt steht sie zwischen den gegenüberliegenden zwei Dächern. Die Sonne geht von links nach rechts unter, das ist meine Schreibrichtung. Weil ich dir nichts sagen muß, darum schreibe ich dir. Darum kann ich dir schreiben.

Auf der nördlichen Halbkugel geht die Sonne überhaupt immer in Schreibrichtung unter und auf.

Vorhin fiel mir ein, daß diese Aufregung in mir, die sich in diesen Briefen niederschlägt, die ich dir in den letzten Tagen geschrieben habe, in denen ich mir in einem fort wünschte, du hättest mich auf meiner kleinen Reise begleitet, daß die allein aus den paar Sekunden resultiert, während deren wir uns am letzten Donnerstag so anschauten, wie man es besser nicht beschreibt, weil das der Moment immer ist, in dem die Liebe anfängt, also der Moment des Erstaunens vielleicht, des Erstaunens darüber, daß man sich gefunden hat. Ich habe gern in deine Augen geschaut. Ich will gern wieder in deine Augen schauen.

Also, es ist so: Ich habe mich in Wirklichkeit natürlich überhaupt nicht in dich verliebt, aber ich hätte mich gerne verliebt, womöglich auch in dich. Und weil ich weggefahren bin, gerade nachdem ich dich kennengelernt hatte, konnte ich mir jetzt ein paar Tage lang vorstellen, ich wäre in dich verliebt. Das ist alles.

Ende der toten Korrespondenz.

(Das viele Wünschen immerzu, das viele Wünschen, immerzu, jeden Tag aufs neue. Das viele Wünschen ist die allopathische Prophylaxe gegen die Möglichkeit des Unglücks.)

XIII
Willst du mit mir gehen?

Alleinreisende Frauen haben immer einen Trick, wie sie alleinreisende Männer zuverlässig loswerden, die sich plötzlich zum Abenteurer erwacht und darum zuverlässig berufen glauben, die Herzen der stolzesten Frauen zu brechen. Adriana fragte alle Männer, die sie zu einem Getränk einluden oder sich im Speisesaal an ihren Tisch setzen wollten, sofort und als allererstes: »Haben Sie denn wenigstens einen großen Schwanz?« Das wirkte todsicher. Manche wurden dann ausfallend, andere befiel eine große Verlegenheit; wieder andere drängten sich sogleich an sie heran, hielten ihr förmlich das Geschlecht ins Gesicht, und »Herzeigen!« forderte Adriana dann, worauf auch diese ausfallend wurden. Eine vernünftige Antwort hatte sie auf diese Frage noch nie erhalten. Bis zu dem Abend, an dem Paul an ihren Tisch trat. Sie sah ihn erst, als er schon vor ihr stand und schüchtern lächelte, die Hände ineinandergehakelt, er neigte den Kopf und …

»Haben Sie denn wenigstens einen großen Schwanz?« blaffte Adriana ihn sofort an. Er lachte kurz auf und schüttelte den Kopf, um den das Haar schütter, aber lockig stand.

»Leider nicht«, antwortete er. Vor Adriana flog der eiserne Vorhang hoch, die Neugier hielt ihr das Gesicht zusammen.

»Wollen Sie sich nicht setzen?« fragte sie.

»Danke, gerne«, sagte er und saß ihr gegenüber, die

Hände auf dem Tisch vor sich ineinandergefaltet, sehr konzentriert.

»Ich frage im umgekehrten Fall immer: ›Haben Sie außer Titten sonst noch was zu bieten?‹ Das wirkt auch sehr gut. Aber das ist bei Ihnen ja nicht nötig.« Dann blitzten seine Augen, und er lächelte schräg und sagte:

»Außerdem glaube ich, daß Sie außer Titten noch eine Menge zu bieten haben.« Adriana wurde rot.

»Was nützt das aber, wenn Sie keinen großen Schwanz haben?« fragte sie, und er legte die Stirn bekümmert in Falten.

»Aber Sie wissen doch«, belehrte er sie, »daß man auch mit einem kleinen Schwanz eine Menge anfangen kann.«

»Na ja«, sagte Adriana, ihrerseits etwas bekümmert.

»Und so klein ist er nun auch wieder nicht.«

»Ach so?« machte Adriana und wurde gleich wieder lebhaft. Dann stellten sie einander sich vor.

Adriana
Paul
Adriana Paula Paul Adrian
Paula
Adrian

»Sind Sie auch Vertreterin?« fragte er, sie nickte und hatte dabei die Stirn wieder bekümmert in Falten gelegt.

»Was bekümmert Sie denn?« fragte er.

»Ach, mich ödet das ...«

»Ja, ich weiß, mich auch. Aber nun ist es einmal so, womit reisen Sie denn?«

»Betonpflastersteine«, antwortete Adriana seufzend, müde, ganz alt, »und Sie?«

»Kräuterkosmetik«, sagte er, das spöttische Lächeln wieder schräg im Gesicht, »auch geschlechtsuntypisch.«

»In der Tat«, sagte Adriana.

»Warum sind Sie eigentlich an meinen Tisch gekommen? Sie wollten sich doch nicht zu mir setzen, oder?«

»Nein, ich wollte Sie nur bitten, Ihr Auto wegzufahren, damit ich von meinem Parkplatz runterkomme, ich wollte in die Stadt fahren, zum Essen. Da fällt mir ein, das könnte ich – darf ich Sie einladen?«

»Ich hatte immer gehofft, die Welt zu begreifen, aber das einzige, was ich nach zwölf Semestern begriffen hatte, war, daß es nichts zu begreifen gibt. Nur hinzunehmen, hinzunehmen. Dann habe ich das Studium geschmissen, nicht, daß es schade drum wäre, an mir ist kein Philosoph verlorengegangen, und wenn ich nicht geschmissen hätte, wäre ein hervorragender Kräuterkosmetikvertreter unentdeckt geblieben. Sie ahnen gar nicht, wie gut das wirkt, daß ich ein Mann bin. Das zieht, es ist unglaublich. Sie müssen bedenken, in den Kosmetikläden, da sind ja vornehmlich Frauen, und die repräsentieren nicht gerade die Speerspitze der feministischen Bewegung. Höchstens treffe ich mal auf eine Lesbe, aber die hat dann auch Respekt vor mir und weiß ja selber nicht, ob sie beim Weiberkram am rechten Orte ist, also habe ich nie Probleme. Und wissen Sie, in gewisser Weise hat mir diese Arbeit doch das Philosophiestudium abgeschlossen, weil ich jetzt irgendwie doch eine Antwort gefunden habe. Man kann die Welt gar nicht begreifen. Über Menschen kann man etwas lernen, nicht über die Welt. Die Welt gibt es gar nicht.«

»Ach Gottchen«, verzog Adriana das Gesichtchen, »besonders großartig kann ich das nun aber gerade nicht finden«, und wollte schon enttäuscht sein,

»natürlich klingt es banal«, lenkte er ein, »aber sehen Sie, auch das habe ich begriffen: am Ende ist alles banal.«

»Und furchtbar kompliziert zugleich«, ergänzte Adriana.

»Genau.«

Paul lächelte wieder, Adriana nicht. Sie war sich nicht sicher, ob er klüger oder dümmer war als sie. Sie fühlte sich wie hypnotisiert von dieser Frage, die zu lösen gerade in diesem Moment ihr größtes Ziel im Leben wurde. Das Lokal, in dem sie saßen, war genau dasselbe, das auch sie gewählt hätte, wenn umgekehrt sie ihn zum Essen eingeladen hätte.

»Bin ich jetzt dran mit Erzählen?« fragte sie.

»Was erzählen?« fragte er zurück.

»Na ja, Lebensweg, Elternhaus, Schulabschluß, Schicksalsschläge, warum-ich-Vertreterin-geworden-bin-statt-Schlagerstar.«

»Erzählen Sie, wenn Sie wollen«, sagte er, »und was Sie wollen. Ich will natürlich alles erzählt bekommen, aber es hat keine Eile, wir haben den Rest unseres Lebens Zeit dafür.«

Adriana blieb stumm, wieder errötete sie, was war das nur, was geschah mit ihr, wer war das, dieser Mann? Wer ist das, dieser Mann?

»Na, nun erzählen Sie schon«, sagte er, der sich genau dieselben Fragen stellte: Was ist das nur, was geschieht mit mir, wer ist das, diese Frau? Wer ist das nur, diese Frau?

Wie heißt die Kosmetikfirma, die Paul vertritt?

Benutzt Adriana zufällig diese Kosmetik? Kennt sie sie überhaupt?

Kann Adriana gut singen, oder warum wollte sie Schlagerstar werden?

Hat Paul schon eine Freundin, oder ist er gar verheiratet?

Hat Adriana schon einen Freund, oder ist sie gar verheiratet?

»Ich bin auch Vertreterin, das wissen Sie ja nun schon, aber bei mir ist es etwas komplizierter, wenn auch die Ware einfacher wirkt. Bei mir gibt es keine direkten Verkaufserfolge, das geht über längere Zeiträume. Ich besuche keine Baustoffhändler oder so, sondern ich bin auf die feinsinnigere Kundschaft losgelassen, die sich für feinsinnig hält wenigstens, also Architekten. Denen kann man keinen normalen Vertreter schicken, die müssen betan werden, die fühlen sich ja auch auf den Baustellen von den Leuten, die dort arbeiten, permanent ästhetisch beleidigt, die wollen in ihren Büros niemanden, der auch nur entfernt handfest wirkt oder ein Mann ist, also schickt man ihnen eine Frau, also mich, und ich stelle ihnen natürlich auch nicht die normalen 08/15-Betonpflastersteine vor, die kennen sie ja sowieso, sondern unsere exklusiven Produktreihen.

Denn, die meisten glauben das erst einmal nicht, aber es ist wahr, es gibt auch schöne Betonpflastersteine, manche sind genauso schön wie Naturpflastersteine, so daß Betonpflaster eine echte Alternative zum Naturpflaster, ach, entschuldigen Sie. Ich ziehe mir jedenfalls immer etwas Schickes an und schminke mich ganz vortrefflich, also total dezent, so daß man es auf den ersten Blick gar nicht bemerkt, und dann gehe ich in die Architektenklitschen und höre mir dort furchtbar intelligente Ausführungen über die Weltlage vom ästhetischen Gesichtspunkt her an, und wenn ich lange genug und überzeugend genug zustimmend gelächelt habe, dann kommen unsere Steine im nächsten halben Jahr in einer Ausschreibung vor, und wenn nicht, dann fahre ich wieder hin. Ich bin auch eine ganz erfolgreiche Vertreterin, aber ich bin jetzt schon etwas zu lange in diesem Geschäft, finde ich, vor allem, wenn man bedenkt, daß ich ursprünglich wirklich Schlagerstar hatte werden wollen. Vielleicht sollte ich es mal mit Prostitution versuchen.«

Nun, vielleicht wäre das eine Möglichkeit.

Willst du mit mir gehen, wenn mein Weg ins Dunkel führt?

Was hier beginnt, kommt aus einem schon alten Schlager, und der ist

Willst du mit mir gehen, wenn mein Tag schon Nachtwind spürt?

der Grundton unseres Lebens. 1971 hat Daliah Lavi ihn gesungen,

Wenn ich nicht mehr Vagabund sein will, baust du mein Haus?
damals waren israelische Sänger in Mode, sie traten auch als Paar auf
Und ruhst du mit mir vom Leben aus?
und hießen Abi und Ester Ofarim, später Scheidung. Nicht so
Willst du mit mir gehen, Licht und Schatten verstehen?
bei Cindy und Bert, jedenfalls nicht so bald, aber waren die
Dich mit Windrosen drehen, willst du mit mir gehen?
überhaupt ein Paar im richtigen Leben, außerhalb des Fernsehens und
Willst du mit mir gehen?
der Welt der goldenen Schallplatten? Daliah Lavi singt schon
Man nennt es Liebe, man nennt es Glücklichsein.
gar nicht mehr, sie lebt in Amerika und hat vier Kinder, aber einmal
Keine Sprache hat mehr als Worte.
habe ich sie doch im Fernsehen wiedergesehen, sie war immer noch so
Willst du mit mir gehen, Licht und Schatten verstehen?
schön wie früher und ganz wunderbar wie damals, als wir ehrfürchtig
Dich mit Windrosen drehen, willst du mit mir gehen?
vor der Glotze saßen am Samstagabend zur Hitparade mit Dieter Thomas
Willst du mit mir gehen?
Heck. Später hörten wir andere Schlager, erst Cat Stevens, dann

Willst du mit mir gehen, wenn ich nicht mehr bin wie einst?

die Beatles, darauf die Doors und Patti Smith. Dann kam Punk, dann

Willst du mit mir gehen, auch wenn du um gestern weinst?

New Wave, sofort aber auch die Neue Deutsche Welle, aber die wurde

Wenn jedes Schweigen uns verrät, was reden wir?

schnell schon peinlich, nur Ideal konnte überleben. Na, ein paar andere noch,

Tröstet mich auch dann ein Wort von dir?

Abwärts oder KFC oder FSK, aber das waren welche, die bestimmt nicht

Willst du mit mir gehen, wenn die Angst bei mir verweilt?

im Radio gespielt wurden. So sind also wieder nur englische und

Willst du mit mir gehen, wenn die Zeit mich nicht mehr heilt?

amerikanische Bands geblieben, Devo oder die B-52s, und als es

Wenn der Ruf der Welt vor mir verstummt, fragst du nach mir?

mit dieser Musik vorbei war, hörten wir keine aktuelle Musik mehr, nur

Wartest du auch dann vor meiner Tür?

Prince und Nirvana konnten uns noch einmal in die Plattenläden hineinlocken,

Willst du mit mir gehen, Licht und Schatten verstehen?

ansonsten gingen wir schon in die Philharmonie und sogar

Dich mit Windrosen drehen, willst du mit mir gehen?
in die Oper und waren ernsthafte junge Intellektuelle, wie wir sie uns
Willst du mit mir gehen?
vorstellten. Erst nach Vollendung des vierzigsten Lebensjahres
Willst du mit mir gehen, Licht und Schatten verstehen?
kehrten wir zurück an die Mutterbrust der populären Musik, und die
Dich mit Windrosen drehen, willst du mit mir gehen?
kommt jetzt von Britta. Was wir nicht gedacht hätten allerdings,
Willst du mit mir gehen?
ist, daß Daliah Lavi die ganze Zeit bei uns blieb.

Die ging nie weg, die kam nie aus der Mode, die war im Hintergrund immer da und spielte the melody that haunts my reverie: Willst du mit mir gehen?

Solange dieses nicht gelöst ist, hat man wirklich keine anderen Probleme.

In Paulaadrian ist nun der Keim gelegt, sie haben die Liebe bekommen, bloß hat die keine Inkubationszeit, sie schießt sofort ins Kraut, und zwar gewaltig, sofort verbindet Adrianapaul die Liebesbrücke aus dickem Liebesstrahl, keine Macht der Welt kann das nun aufhalten, kein Meer ist so wild, ihr solltet sie nur mal mit meinen Augen, jeden Morgen geht die Sonne auf. Ich glaube an die Macht der Liebe.

Erde zu Erde, Zahn um Zahn, / Staub zu Staub, Aug' um Aug', / Asche zu Asche, Herz um Herz, ich kann es nicht oft genug betonen.

»Zeigen Sie mir dann einmal Ihr Musterköfferchen?« fragte Adrian verschmitzt.

»Aha!« antwortete Paula, »Sie wollen ein paar Pröbchen abstauben, stimmt's?«

»Ach was, ich will nur alles von Ihnen wissen, darum möchte ich gerne Ihr Sortiment mal sehen.«

»Und Sie? Zeigen Sie mir dann auch Ihr Musterköfferchen? Mit den schweren Steinen drin?«

Haha. Wir wollten doch Ja? nicht von unserer Arbeit sprechen Ja. Nicht heute Ja. Nicht am Anfang gleich Ja. Dann, bitte, Ja? lassen Sie uns es bleibenlassen! Wie bitte? Wir wollen es bleibenlassen Ja. Lieber wollen wir jetzt persönliche Details Ja? besprechen. Ja. Wer zuerst? Haben Sie? Nein? Sind Sie schon? Ach ja? Wollen Sie einmal? Doch von beiden keines entscheidende Fragen stellt, die klären könnten, woran miteinander, wenn es doch gerade so schön, der Graben ist zu tief, da gehen sie auseinander, was der nächste Tag wohl bringen werde, das möchten wohl gerne sie wissen, doch fragen traut keines sich von beiden, so konnten zueinander sie nicht kommen. Was hat Ihr HIV-Test ergeben? Welche Kondome bevorzugen Sie? Nein, fragen Sie nur, wir sind doch moderne Menschen. Wir befriedigen unsere Sexualnotdurft, und da soll es sauber zugehen. Wir wollen uns nicht infizieren, mit nichts, weder mit Aids noch mit Liebe, haben Sie es schon mal mit Rubbersex versucht? Tja, so könnte das wohl gehen, und so geht es auch in tausend anderen Fällen, aber nicht bei Adriana und nicht bei Paul. Die glauben an die Macht der Liebe und sind schon infiziert, sind zudem einschlägig vorgebildet und feineren Regungen gegenüber aufgeschlossen. Fahren Sie morgen schon weiter? Sie wissen doch, wie das Vertreterleben ist. Sind Sie denn wirklich Vertreter? Nein. Sie? Nein. Wir sehen uns zum Frühstück, jeden Morgen geht die Sonne auf, jeden Morgen ist Frühstück.

Die Sonne geht auch unter jeden Abend, grellgolden knallt sie über die Dächer, pink und hellblau, bleu und rosé gestreift sind Mädchen und Bübchen in Himmelsmacht vereint, überstrahlt sind sie vom Himmelslicht, die Natur selbst proudly presents: die Himmelsgewalt der Liebe!, nicht wahr.

Und was ist nun eigentlich geschehen?

Blöde Frage, denn für die Antwort fehlen die Worte, darum ist keine möglich.

Was zwischen zweien geschieht, wissen nur die zwei, die es betrifft, und denen fehlen die Worte noch mehr als allen anderen. Das ist das Überwältigende an der Liebe, daß sie uns aus den Wörtern hinausschleudert. Darum wollen wir uns so gerne verlieben, weil wir uns gerne mit irgendwem verstehen wollen, ohne reden zu müssen. Wir reden vielmehr nur, um im nachhinein zu begreifen, daß wir uns wirklich verstehen. Daß wir uns wirklich gefunden haben, die Seele ihre Schwester, der Körper seinen Bruder, das Herz seinen Hafen.

Ich werde dich suchen in den Supermärkten, auf dem Arbeitsamt (j'attendrai), ich werde nach dir fragen an den Bushaltestellen, an den Imbißbuden (j'attendrai), ich werde dich finden, denn ich glaube an die Macht der Liebe, und du gehörst zu mir (wie mein Name an der Tür). Den Betrunkenen an der Straßenecke werde ich fragen: Hast du gesehen, den mein Herz liebt? Und er wird mir keine Antwort geben, sondern mich übersprühen mit lästerlichen Reden, doch ich werde rein daraus hervorgehen und unbefleckt, denn nichts kann mich mehr beflecken, da ich deine Liebe gefunden habe, hinter allem leuchtest du, mein Geliebter, und was von dir kommt, kann nicht häßlich sein, denn ich glaube an die Macht der Liebe.

Ich will dich suchen, den mein Herz liebt, und ich will dich bringen in meiner Mutter Haus und will dich empfangen in ihrer Kammer, darinnen sie mich empfangen hat. Und ich will hineinkommen in deiner Mutter Haus und will dich umfangen in der Kammer, darinnen sie dich empfangen hat.

Zwei Leiber, die einer geworden sind. Zwar spricht jeder für sich allein, doch klingen sie zusammen erst schön.

Und der Zauber dieser Nacht, darf ich Sie bis zu Ihrem Zimmer begleiten, gute Nacht, vielleicht sehen wir uns einmal wieder, ja, das wäre schön, ja, das würde mich freuen, schlafen Sie gut, er reicht hinüber an das Frühstücksbüffet, wo Paul nach Adriana Ausschau hält, doch die war früher schon hier und ist bereits aufgebrochen, so sucht Paulas Blick nach Adrian vergebens, denn der wird später erst kommen, warum haben wir den Zauber nicht mit den Händen gegriffen und ihn festgehalten in dieser Nacht, pfui! Wie garstig, kein Zauber hält der Gefangennahme stand, ich habe seine Visitenkarte, er hat meine Visitenkarte, ich habe ihre Visitenkarte, sie hat meine Visitenkarte, da können wir uns visitieren, doch wann werden wir uns wiedersehen, sag mir cuando cuando, sag mir wahahawann, wann kommst du?

Aber wohin überhaupt? Où mènent ces routes devant moi? Where do I go, follow my heartbeat? And tell me why I live and die.

Sie haben sich am Abend, sie haben sich in der Nacht voneinander verabschiedet, sie waren froh alle beide, sie freuten sich, weil sie sich getroffen haben, in beider Herzen war ein Butterflöckchen gefallen, da schien ihnen das Leben gleich leichter, die Welt war schöner, sie knirschte nicht mehr so in ihrem Herzgetriebe, als sie sich am Abend, als sie sich in der Nacht voneinander verabschiedeten. Sie hatten ihre Visitenkarten getauscht. Er ruft bestimmt, vielleicht wirklich ruft sie, bestimmt, vielleicht ruft er wirklich mal, bestimmt, sie mal an, mal an, mal an. Wie schade, daß er so weit weg wohnt! Wie schade, daß sie so ganz woanders lebt!

Bye bye nun und viel Glück euch beiden, oh, viel Glück wünsche ich euch, das meine ich ganz ernst, total ganz superviel Glück mit kleinem Schwanz und großen Titten und Musterköfferchen hier, Musterlastwagen dort, und daß ihr immer weiterreden könnt, aber nicht müßt. Wenn ihr aber doch redet, dann soll das so ein Reden sein, das ankommt, in dem der eine die Leine wirft und im anderen sich einhaken kann und der andere die Leine in den Haken knotet, und dann wirft er die Leine zurück, und das ist doch für die Dauer viel wichtiger als großer Schwanz und kleine Titten and all that jazz. Für die Dauer. Viel wichtiger. It don't mean a thing if it ain't got that swing.

XIV

Er war der erste Mann, den sie wirklich liebte. Zwar war sie vorher schon mit anderen Jungs gegangen, aber geliebt hatte sie keinen. Mit ihm begriff sie, daß Liebe viel mehr ist, als sich gegenseitig ein bißchen netter zu finden als gewöhnlich.

Sie war für ihn eine Liebschaft gewesen in dem Sommer, als er mit seinem eigenen Leben anfing, als er mit der Schule fertig war und bald ein Studium beginnen und nicht mehr bei seinen Eltern wohnen, sondern eine eigene Wohnung haben wollte. Darum brauchte er Geld, darum arbeitete er in diesem Sommer, darum lernte er sie kennen; an einem Ort, an dem er weit fort, sie aber daheim war.

Er hatte sie schon ganz gern und merkte auch, daß sie ihn lieber hatte als schon ganz gern, wußte aber nicht, wie sehr sie ihn tatsächlich liebte.

Sie liebte ihn abgöttisch. Aber das sagte sie ihm nicht, denn sie sah ja, daß er sie nicht liebte wie sie ihn, und sie wußte die ganze Zeit, daß das für ihn eine Liebschaft im Sommer war und weiter nichts. Und das wußte sie, obwohl sie fast noch ein kleines Mädchen war und bislang noch keinen geliebt hatte.

Für ihn war das eine Liebschaft im Sommer und weiter nichts. Er freute sich auf seine eigene Wohnung und aufs Studium. Nach drei Wochen war seine Arbeit beendet, und er fuhr wieder fort.

Sie schrieb ihm ein einziges Mal. Er rief sie ein einziges Mal an. Er dachte manchmal an sie. Sie dachte, es reiche schon, daß es ihn gibt. Zu wissen, daß er auf der

Welt ist. Und sie sahen einander nie wieder und hörten auch voneinander nie mehr. Sommerliebschaft. Daß es ihn gibt. Wußten voneinander weiter nichts als dies.

XV

Er hätte ohne Musik gar nicht leben können. »Ich könnte ohne Musik gar nicht leben«, sagte er gerne (alle, die ihn kannten, wußten das: »Er kann ohne Musik gar nicht leben«, sagten sie, wenn sie mit anderen über ihn sprachen). Sobald er Musik höre, sagte er, wenn er es zu erklären versuchte, versinke er, der Rest der Welt sei sofort nicht mehr vorhanden, meistens bekomme er eine Gänsehaut, sobald die Musik anfange.

Sie hingegen konnte nicht einmal im Takt klatschen. Er versuchte sich anzupassen. Sie sprachen nicht über Musik und hörten natürlich auch keine.

»Aber wir lieben uns doch«, sagte sie, als er verzagte, weil er gerne gehabt hätte, daß das was würde mit ihnen, tatsächlich aber wirklich nicht wußte, wie das was hätte werden sollen, wo sie beide in fremden Welten lebten, die sie nicht verlassen konnten. Auch nicht verlassen wollten. Wozu auch? Es hätte dann ja etwas Neues begonnen.

Dann verließ sie ihn. Er glaubte daran zu zerbrechen. Nur wenn er Musik hörte, hielt er es einigermaßen aus, aber als er begriff, daß er sich beim Musikhören in Wirklichkeit immer noch weiter von ihr entfernte, weil ihr Musik so fern war, wie es nur ging, wollte er keine Musik mehr hören. Er glaubte, ihr dann näher zu sein, wenn er ohne Musik war, und das wollte er ja: ihr nahe sein statt fern.

Doch es kam der Tag, an dem er es einfach nicht mehr aushielt, ohne Musik zu sein, und da löste sich der Knoten. Into the groove. Er hörte den ganzen Tag Beethoven und war glücklich, und die Liebe war vorbei.

XVI

Erst hat sie ihn bekommen. Dann hat sie das Kind bekommen. Dann hat sie das Geschäft bekommen, das sie gemeinsam betreiben. Dann hat sie eine Freundin bekommen. Dann hat er sich eine Wohnung genommen. Ein Zimmer für ihn, eins für den Sohn. Sie hat alles, was sie will. Ihn will sie nicht, aber er will sie. Will sie, will sie, will sie. Er will, daß alles wieder so ist, wie es war. »Ich bin auf sie geprägt«, sagt er immer wieder, immer und immer wieder, denn wenn sie in der Nähe sei, dann sei alles gut, dann raste bei ihm sofort die Liebe ein. Er sei auf sie geprägt, sagt er, dabei ist er bloß unglücklich verliebt. Einmal fuhr er am Freitagnachmittag zu seinem Freund, der vierhundert Kilometer weit weg wohnt. Sie verbrachten den Samstag miteinander, und am Sonntag fuhr er schon mittags wieder weg, weil sie abends ins Konzert wollte und darum er den Sohn betreuen sollte. Er war glücklich, weil er schon eine Stunde, bevor sie zu ihrem Konzert losgehen mußte, wieder zurück und bei ihr war, denn so konnte er noch eine Stunde mit ihr verbringen. Er will es so, will es so, will es so. Und am Ende wird er kriegen, was er will. Und das geht zwar nicht, aber gleichzeitig geht das genau so, und es geht, und es geht, bis es eben nicht mehr geht, weil sie dann gestorben sind, wenn vielleicht auch noch am Leben.

XVII

Er war lange Junggeselle gewesen. Niemand hätte gedacht, daß sich das noch einmal ändern würde, aber dann heirateten sie.

Seine Frau könne Männer eigentlich nicht leiden, wußte er, bzw. glaubte er zu wissen. Sagte er Außenstehenden, befriedigt lächelnd.

Er ist ein aufmerksamer Zuhörer und sehr sensibel. Das sagt er selbst.

Sie ist siebzehn Jahre jünger als er. In der Tat hatte sie es mit Männern nicht leicht gehabt. Auch mit ihrer Familie nicht. Mit ihrem Vater nicht, mit ihrer Mutter nicht. Auch mit ihren Brüdern nicht; das heißt, mit dem einen schon, beziehungsweise mit dem einen schon eher als mit dem anderen. Mit ihren Schwestern das – ist wieder eine andere Geschichte.

Die beiden sprachen in einem fort über die Schwierigkeiten der Frau in ihrem bisherigen Leben. Das war der Inhalt ihrer Ehe. Von außen war es eine Ehe mit Mann und Frau, zwei Personen, innendrin aber war es das Innere der Frau allein.

Seine Arbeit ließ ihm genug Zeit für diese Form der Ehe. Er liebte seine Arbeit, die ihm keine allzu festen Arbeitszeiten aufzwang und mit der er dennoch genug verdiente, um sie beide eher recht als schlecht zu ernähren. Sie dagegen hatte nur Jobs. Eine richtige Arbeit hätte sie gar nicht machen können, denn in Wirklichkeit durchlief sie gerade ihre zweite künstlerische Ausbildung. Die erste hatte sie mit geringem Erfolg abgeschlossen, während sie die Ausbildung für den bürgerlichen Beruf, den sie ursprünglich – als ganz junges Mädchen, das noch nichts von dem künstlerischen Drängen in sich wußte – angestrebt hatte, kurz vor der Abschlußprüfung abgebrochen hatte.

So ging es ein paar Jahre. Er fragte sie nach ihrem Inneren aus. Sie selbst grübelte viel, und immer mehr drängte sie die Frage, warum ihr Inneres so war, wie es war, damit sie ihm die Antworten geben konnte, nach denen es ihn verlangte. Bald war sie vollkommen austrainiert in der Selbsterforschung, so daß sie ihrem Mann bei der Erkundung ihrer mannigfaltigen Verwerfungen auf jede erdenkliche Weise behilflich sein konnte. Ja, sie konnte ihn vollkommen befriedigen, indem sie ihm immer feiner ausdifferenzierte Aspekte ihres Inneren und wie es wurde, was es war, zur abendlichen Unterhaltung vorlegte. Er trank gerne die ein oder andere Flasche Wein dazu.

Dann wurde sein Beruf auf einmal sehr anstrengend. Er wußte, daß das vorübergehen würde, daß es nur eine Phase war, aber anstrengend war es darum nicht weniger. Er brauchte seine ganze Kraft für die Arbeit und hatte darum keine Kraft für die Erkundung des Inneren seiner Frau übrig. Das wußte sie nicht, und ihr Mann, der jetzt oft nicht da war, hatte es ihr auch nicht gesagt. Allerdings war sie selbst auch oft nicht da, denn ihre künstlerische Ausbildung forderte ihr viel Zeit ab. Sie war damals einunddreißig, und er war achtundvierzig Jahre alt.

Nun begann ihre Ehe zu zerbröseln. Endgültig zerstob sie und wurde als der Staub, aus dem sie eigentlich von Anfang an bestanden hatte, in den Wind geblasen, als der Mann nach einer immens anstrengenden Woche am Freitagabend völlig erschöpft nach Hause kam und die Frau an der Tür stand, das Kinn in die linke Hand gestützt und den Ellenbogen des linken Arms in die rechte, die Arme also vor der Brust verwinkelt. So stand sie da und empfing ihn mit der aus viel Nachdenken geborenen Bemerkung, daß sie glaube, sich fast sicher sein zu können, daß ihr Vater damals wahrscheinlich doch das gesagt habe, von dem sie lange Zeit gedacht hatte, daß er es eben nicht gesagt habe und sie sich vielmehr nur eingebildet habe, daß er es gesagt habe.

»Ich kann nicht mehr«, sagte darauf er.

Am nächsten Tag zog sie aus. Im Verlauf der nächsten Wochen holte sie ihre Sachen ab. Mit ihren Freundinnen sprach sie schlecht von ihm und mit der Zeit immer schlechter, erbittert schließlich und voller Gram über die mit ihm vergeudeten Jahre. Er sprach zwar nicht schlecht von ihr, gab aber doch eindeutig ihr die Schuld am Scheitern der Ehe, wenn man ihn fragte.

XVIII

Zwei Kinder. Er duscht zuerst, sie bleibt noch liegen. Während sie duscht, weckt er die Kinder. Sie deckt den Frühstückstisch, er geht zum Bäcker. Er bringt die Kinder zur Schule und geht dann ins Büro. Sie macht den Haushalt, dann geht sie einkaufen oder zum Sport. Am Nachmittag fährt sie die Kinder zu ihrem Sport und zum Musikunterricht. Er kommt nicht immer zum Abendessen nach Hause, aber meistens schon. Sie essen miteinander zu Abend, wenn die Kinder im Bett sind. Dann legen sie sich vielleicht noch ein bißchen vor die Glotze. Spätestens um elf sind sie im Bett, viertel nach sechs stehen sie wieder auf.

So ergänzen sie sich perfekt. Jeder macht seine Arbeit und seinen Sport. Er verdient das Geld, sie kümmert sich um die Kinder.

Oder so:

Keine Kinder. Beide arbeiten wie verrückt in ihren Berufen, die ihnen Freude machen. Er muß zur Arbeit aus dem Haus, sie nicht immer. Er kommt abends oft erst spät heim. Sie muß abends oft noch arbeiten. Wenn sie miteinander ausgehen, dann wirken sie wie aus einem Guß. Sie fassen sich oft an, sie sitzen auch eng beieinander.

XIX

Nach zehn Jahren hat er wieder angerufen, das schmeichelte mir schon sehr. Ich hatte auch schöne Erinnerungen, ja. »Sexuelle Affinität«, okay, vielleicht kann man das so nennen. Unsere aktuelle Liebessituation war ungefähr so wie damals, nur waren wir außerdem um zehn Jahre gereift, zumindest zehn Jahre älter geworden. Als ich ihn wiedersah, fiel mir wieder ein, warum ich mich damals in ihn verliebt hatte. Als nächstes fiel mir auch wieder ein, wie sehr ich damals in ihn verliebt war. Das hatte ich vergessen über dem, den ich nach ihm kennengelernt hatte und in den ich noch viel mehr verliebt gewesen war, weswegen ich jetzt so glücklich über die endgültige und auch vollkommen überwundene Trennung von diesem war. Diesen nenne ich Y, den anderen X, weil er vorher war. Also trafen wir uns, X und ich, und es war alles wie früher, als es schön war.

Das könnte jetzt so weitergehen, dachte ich, schon aus praktischen Gründen. Kein Nestbau, keine Beziehungsgespräche, nichts, bloß das, worum es eigentlich geht und was wir am besten miteinander können. Was im übrigen auch das einzige ist, was wir überhaupt miteinander können. Dachte ich. Außerdem dachte ich, er dächte das auch, und dachte auch, wir hätten das so verabredet, daß wir das so machen, es wiederaufnehmen und weitermachen, wo wir damals aufgehört hatten, obwohl es doch eigentlich gut war.

Dann rief er nicht mehr an, und mir fiel endlich wieder ein, was ich ebenso vergessen hatte wie das Verliebtsein, nämlich, wie schrecklich es damals war, als es irgendwie vorbei war, weil er einfach nicht mehr anrief. Ohne es angekündigt zu haben. Das war damals so schrecklich, daß ich einen ganzen Sommer lang heulte. Am Ende war eine Kontaktlinse kaputtgeheult. Kaum hatte ich eine neue Kontaktlinse, lernte ich den anderen kennen, also Y. Über den will ich mich weiter nicht äußern und sowieso nie mehr, weil ich mir seinetwegen schon genug Lebenszeit versaut habe. Bei Y erinnere ich mich vor allem an die unschönen Dinge, die allerdings wegen der viel größeren Liebe viel tiefer gingen als mit X, sich zudem auch über einen sehr viel längeren Zeitraum erstreckten. Es erstaunte mich, daß ich zwar die schönen Dinge mit X nicht, dafür aber den Grad des Verliebtseins vergessen, also wirklich nur das Eigentliche im Kopf behalten hatte, das, was greifbar war, nicht meine Gefühle. Wenn ich jetzt wieder mit ihm anfange, dann verliebe ich mich womöglich wieder in ihn, und dann könnte ich haargenau dieselbe Scheiße noch einmal erleben, dachte ich, die ich seither Kontaktlinsen nur hatte ersetzen müssen, wenn ich sie verloren hatte, weil ich wegen Y zwar jahrelang, dafür aber dosierter geheult hatte.

Ich verliebte mich nicht neu in X, wie auch, es hatte sich ja schon lange die viel größere Liebe zu Y und die daraus resultierende viel größere Scheiße dazwischengeschoben. Wenn schon die Liebe zu Y endgültig vorbei war, dann doch die zu X erst recht.

Z bin ich womöglich selber.

Oder es kommt einmal einer.

XX

»Man zahlt immer einen Preis«, sagt auf dem ökumenischen Kirchentag die schöne Frau um die vierzig, die im Sommergarten des Berliner Messegeländes auf der Bühne steht und mit einem etwa dreißigjährigen Betriebswirt über das Thema »Sex vor der Ehe. Wahre Liebe wartet. Oder nicht?« diskutiert. Der Mann, der mit sechzehn Jahren zu Jesus gefunden und seither nicht mehr von ihm gelassen hat, will sich den geschlechtlichen Vergnügungen erst hingeben, wenn er mit seiner großen Liebe den Bund der Ehe geschlossen hat. (Falls er seine große Liebe findet. Falls ihn geschlechtliche Vergnügungen überhaupt interessieren.) Die große schlanke Frau in ihrem schlicht eleganten schwarzen Kleid, deren blonde Haare lässig die Frisur von Marilyn Monroe variieren, gibt zu bedenken, daß manche Leute sich zwar gut verstehen, aber im Bett nichts miteinander anfangen können. Wenn man das erst nach der Heirat feststelle, führe das sehr wahrscheinlich zu einem Leben im Unglück. Sie selbst lebe »in serieller Monogamie« und wisse, daß sie dafür einen Preis zu zahlen habe. Wie auch die anderen, die eine Ehe führen, bis daß der Tod sie scheidet, einen Preis zu zahlen haben und ebenso die, die für sich bleiben und alleine leben, denn etwas fehlt immer. Die einen haben Unabhängigkeit, die anderen Vertrautheit; die einen erleben Abenteuer, die anderen Verläßlichkeit; die einen haben viel Aufregung, die anderen viel Ruhe. Es fehlt jeweils das jeweils andere. Und das kann man so ausdrücken und dadurch auf den einfachen Nenner bringen, daß man immer einen Preis zu zahlen habe. Umsonst ist nur der Tod.

Übers Land fahren

Von der neuen Autobahn aus sieht man den Thüringer Wald von oben. Es gibt vier Tunnel, einer ist acht Kilometer lang, in denen darf man nur achtzig fahren; wer schneller fährt, wird von festinstallierten Radarfallen geblitzt. Das sind allerdings Infrarotblitze, die man nicht sieht, damit man nicht erschrickt, was im Tunnel noch gefährlicher ist als sonstwo. Am Südeingang des längsten, des Rennsteigtunnels, steht, wenn man von Süden, also von Franken her kommend, in ihn einfährt, in einer Nische eine Heiligenfigur. Meine Gewährsleute konnten allerdings nicht angeben, wer der oder die Heilige des Tunnels oder wenigstens der Tunnelbauer ist; das sind keine Katholiken und noch nicht einmal Christen.

Weiter über die Dörfer, die in Thüringen haargenau so aussehen wie in Franken, auf der anderen Seite, jenseits der einst unüberwindlichen Grenze, und die auch genauso ausgestorben daliegen wie diese. Das ist normal auf dem Land, wo spätestens mit Einbruch der Dunkelheit die Rolläden heruntergelassen werden, nachdem die Gehsteige schon bei Ladenschluß hochgeklappt wurden. Eine Umleitung, die irgendwo verlorengeht, erfordert es, nach dem Weg zu fragen, was eine unwirkliche Note dadurch erhält, daß die Befragte von sich aus lächelt und sehr freundlich und kompetent ist, noch mehr aber dadurch, daß sie in die Richtung eines Fesselballons weist, der nicht sehr hoch über dem Dorf schwebt. Auf den Ballon ist der Name einer Versicherung aufgedruckt. Beim Weiterfahren sehe ich, wie er von der Seite her auf mich zufliegt und dabei immer mehr an Höhe verliert, während doch aus der Gondel immer wieder Stichflammen in den Ballon hineinschießen, um die Luft darin aufzuheizen. Als wolle er auf der Straße landen. Am Ausgang des nächsten Dorfes stehen zwei Autos, deren Insassen ihn beobachten, wie er über die Straße hinwegfliegt auf die abgemähten Felder zu, in denen er landen wird.

Am nächsten Morgen ist Sonntag, die Gehsteige wurden wieder heruntergeklappt, und in den Dörfern sind Menschen unterwegs. Sie streben eilig dem Dorfkern zu, wo die Kirche steht. Im Radio kommen Nachrichten und danach auf allen Sendern Gottesdienste. In einem Dorf gibt es einen Wegweiser ins Altdorf statt in die Altstadt, da hat es jemand besonders genau genommen. Ich bin jetzt in Mainfranken, und es geht hinauf in die Weinberge, von wo aus man sehr schön sieht, wie die ICE-Trasse das Maintal zerschneidet.

Am Abend sitzen im ansonsten leeren Gasthaus sieben Personen unterschiedlichen Alters an einem Tisch. Ein junges Mädchen erzählt, daß sie ihren Notendurchschnitt von 1,9 halten müsse; das ist offenbar die Abmachung mit ihren Eltern, denn wenn sie ihn hält, dann darf sie sich ein Zungen-Piercing machen lassen. Davon könnten die Zähne kaputtgehen, sagt eine ältere Frau, aber das Mädchen zuckt mit den Schultern. Die ältere Frau sagt, so etwas würde sie nicht tun, was die Zähne schädigt, »wenn du dann auf der Felge kaust«.

Ein Mann und eine Frau, die nach dem Krieg geboren wurden, erzählen von der Angst vor dem Krieg, die sie als Kinder hatten, obwohl in ihren Elternhäusern nicht vom Krieg gesprochen worden sei (glauben sie). Der Mann spricht von der Angst, die er als Kind hatte, die Frau träumte als Vierjährige, daß Feuerbälle vom Himmel fallen, und ihr Vater habe ihr jeden Abend, bevor sie einschlief, versprechen müssen, daß am nächsten Tag kein Krieg sei. Auf das Thema gekommen sind sie über Filme (der Mann war besonders beeindruckt von »Saving Private Ryan« und »Apocalypse Now«) und über die europäischen Proteste gegen den Irak-Krieg.

Dann kommen sie von den Jung-Nazis auf die Original-Nazis, auf das Lumpenproletariat, das plötzlich an der Macht sei. Dieses Wort »Lumpenproletariat« kommt von einem älteren Mann mit sächsischem Akzent.

Vorher, am späten Nachmittag, im Hotelzimmer auf MTV eine Art Dokumentarfilm über Eminem. Die Bilder von verzückten Anhängern erinnern an die Hysterie, die einst die Beatles auslösten. In dem Film werden immer die exakten Daten von CD- und Videoveröffentlichungen und anderen Auftritten Eminems angegeben. Einmal kam Eminem nach New York, um an einer Live-Sendung im Fernsehen teilzunehmen, und als er ans Fenster trat, war die Menge auf dem Times Square so von Sinnen, daß zu befürchten stand, es würde gleich jemand in den fließenden Verkehr hineinlaufen und überfahren werden. Drinnen im Studio brachen die Leute in Tränen aus, als er hereinkam. Zwischen die Dokumentarbilder werden als Experten immer wieder jugendliche Kommentatoren geschnitten, die allerdings zu kaum mehr in der Lage sind als dazu, ihre Überwältigung zum Ausdruck zu bringen. Mikah Pfeifer, ein Schauspieler, der mit Eminem in »8 Mile« spielte, wird in einem Song zum Film erwähnt, und einer der jugendlichen Kommentatoren sagt, wobei er den Mund kaum schließen kann und sein Gesicht vor der Größe des zu Berichtenden erstarrt, daß das großartig sei, weil Mikah Pfeifer nun für die Ewigkeit unzertrennlich mit Eminem verbunden sei. Und ein anderer fand, mit demselben Gesicht, daß mehr nicht zu erreichen sei, als daß die Leute zu weinen anfangen, wenn ihr Held den Raum betritt. Alle diese jugendlichen Kommentatoren, deren Expertise einzig und allein aus ihrer Jugendlichkeit besteht, machen beim Sprechen dieses selbe Gesicht: sie sind erstarrt in Überwältigung und können das Kopfschütteln ob der Größe der Dinge, von denen sie sprechen, kaum kontrollieren.

Im Fichtelgebirge steht am nächsten Tag ein einzelner Wanderschuh am Straßenrand. Im Rasthaus an der Autobahn nach Berlin wird an allen Tischen über die Preise geredet:

»Mehr Milch als Kaffee und trotzdem teurer – also, ich versteh' das nicht.«

»Früher hat ein Orangensaft drei Mark fünfzig gekostet, und jetzt kostet er zwei Euro achtzig …«

»Ja, aber das ist auch Null Drei.«

»Mit welchem Recht nehmen die an der Autobahn immer einen Aufpreis? Mit welchem Recht?«

Wie Planetenbahnen sind die Lebensläufe, das ist bekannt. Jedes Leben ein Planet, und die Planeten sind Kugeln und rollen über die Welt, welche ein mit grünem Filz bespannter Billardtisch ist. Manchmal ticken die Kugeln aneinander, klick, und rollen mit frischem Drall gleich wieder auseinander und in andere Richtungen weiter, mit einer höheren Geschwindigkeit nunmehr oder einer geringeren. Manchmal bleiben zwei Kugeln aneinander kleben, klack, weil sie so langsam aufeinander zugerollt waren, und verklumpen sich, und es werden Lebenshäufen aus den Lebensläufen. Was zum einen ganz selten geschieht, zum anderen aber so gut wie jeder Kugel auf ihrem Lebenslauf mindestens einmal, ist, daß zwei Kugeln so heftig ineinanderprallen, daß sie ganz miteinander verschmelzen. Aus der beim Aufeinanderprall versprühten Energie entstehen dann oft kleine Kugeln, die sich zu großen auswachsen, bis sie die großen, aus denen sie entstanden, die nun aber alt und brüchig geworden sind, ersetzen. Diese rollen dann über die Kante, fallen hinaus ins Leere, zerschellen im großen Nichts, puff, und das war's dann.

»Sie sind so leicht«, sagte er, »ich spüre Sie kaum.«

Sie waren zu Renate gegangen. »Wollen wir es gleich einmal versuchen?« hatte er gefragt, kaum daß sie in der Wohnung standen.

»Gut, warum nicht«, hatte sie geantwortet und ihm den Weg ins Wohnzimmer gewiesen.

»Hier«, sagte er, »ja«, zog sein Jackett und die Schuhe aus und legte sich auf den Teppich, richtete sich aber gleich wieder auf, um den Couchtisch ein Stück zur Seite zu rücken.

»Nein, lassen Sie das Licht aus. Lassen Sie nur das in der Diele brennen, das wird reichen.« Dann legte er sich hin und atmete tief durch und spürte seinen Körper wenigstens an all den Stellen, wo seine Knochen den Boden berührten — am Hinterkopf, an der Schulterwirbelsäule, am Steiß, an den Fersen. Die Augen hielt er geschlossen.

Renate stand noch in den Türrahmen gelehnt, wie sie immer in Türrahmen lehnte: die linke Schulter am Rahmen, mit der rechten Hand griff sie über sich hinweg nach dem Türstock. Mit ausgedehnten Augenbrauen unter der gefalteten Stirn betrachtete sie die chefmäßige Selbstverständlichkeit, mit der er sich auf ihrem Wohnzimmerfußboden einrichtete. Ganz ohne Anstand, dachte sie. Und es gefiel ihr.

»Jetzt bitte«, sagte er, ohne die Augen zu öffnen, ohne sich zu rühren. Seine Arme lagen neben ihm, er atmete ruhig.

»Ja«, zagte ein Stimmchen aus Renates Rücken hervor, »ja, ich bin gleich bei Ihnen.« Sie holte tief Luft. Dann holte sie gleich noch einmal tief Luft, zog ihre Schuhe aus und ging neben ihm in die Hocke. Vorsichtig kragte sie ein Bein heraus und streckte es in seitlicher Arabeske über ihn. Mit den Zehenspitzen zuerst suchte sie Halt auf der anderen Seite seines Körpers. Auch den Arm hatte sie hinübergestreckt, mit dem stützte sie sich ab. Sie berührte ihn nirgends, sondern war eine große Krake und starrte hinunter auf die Stelle, wo sein Gesicht sein sollte, doch sie sah nur Haare, kaum eine Kontur.

»Haben Sie Angst?« fragte es aus den Haaren heraus.

»Ich kann Sie gar nicht sehen«, kümmerte das Stimmchen in ihrem Rücken und klang weinerlich.

»Haben Sie keine Angst, bitte«, sagte er und hob einen Arm, als wolle er besänftigend den ihren streicheln, langte aber nur halb hinauf, kehrte in der Bewegung um und legte den Arm wieder neben sich auf den Boden.

»Sie sollen mich gar nicht ansehen, Sie sollen mich nur beschweren«, beruhigte er sie. — »Sie wissen doch, wie ich aussehe«, setzte er nach kurzer Überlegung hinzu. »Übrigens kann ich Sie auch nicht sehen, ich habe die Augen zugemacht.«

Was für ein Schwachsinn, dachte Renate, während sie sich ganz langsam, um ihn möglichst spät erst zu berühren, auf ihn hinuntersenkte. Den Kopf hielt sie neben seinem, die Unterarme und Unterschenkel lagen flach auf dem Boden, sein Bart kitzelte sie etwas, sie rückte den Kopf ab.

»Liegen Sie jetzt wirklich auf mir?«

Renate machte sich noch steifer.

»Aber das müßten Sie doch spüren«, sagte sie.

»Nein«, sagte er, »Sie sind so leicht, ich spüre Sie kaum.«

Renate wartete. Entweder bricht mir gleich das Kreuz durch, dachte sie, oder es wird sich die Erde auftun und uns verschlingen. Sie spürte ihre Knie, die sich in den Teppich bohrten, der ihr zugleich ein kratzendes Muster in die Handflächen schnitt. In der Küche sprang der Kühlschrank an. Immerhin waren sie in ihrer Wohnung.

»Ich habe fünf Kilo Übergewicht«, sagte sie.

»Das glaube ich nicht«, flüsterte es von unten herauf.

»Doch«, verteidigte Renate die eigene Unzulänglichkeit, »doch. Ich bin einsfünfundsechzig groß, und das Idealgewicht ist Körpergröße minus hundert minus fünfzehn Prozent, und da müßte ich fünfundfünfzigkommazweifünf Kilo wiegen, ich wiege aber sechzig.«

»Das glaube ich nicht«, flüsterte es wieder.

»Aber wenn ich es Ihnen doch sage!« Sie erwartete Trost oder Verdammnis, aber er wurde kleinlich.

»Wenn Sie fünfundfünfzigkommazweifünf Kilo wiegen sollten, tatsächlich aber sechzig wiegen, dann haben Sie doch gar nicht fünf, sondern nur vierkommasiebenfünf Kilo Übergewicht.«

»Na, auf das halbe Pfund kommt's doch wohl nicht an!« protestierte sie und hatte vergessen, daß sie gerade noch erwartet hatte, die Erde würde sich auftun unter ihnen und sie verschlingen. Wo es um die Verteidigung ihres Versagens vor den an sie gerichteten Schönheitsanforderungen geht, vergißt die Frau sich, sowieso.

»Aber Frau Kermer«, brummte es nun eher, denn daß es geflüstert hätte, »ich spüre Sie trotz Ihres Übergewichts kaum. Es ist, als wären Sie nur ein Hauch. Liegen Sie denn wirklich auf mir? Sie beschweren mich nicht, aber gerade das habe ich mir doch gewünscht. Daß Sie mich beschweren.«

Da stockte sofort die Litanei zum Beweise ihrer Häßlichkeit, denn sie hatte sich, nach ihren Begriffen, indem sie den Wunsch des Mannes nicht erfüllt, eines Versagens weit größerer Art schuldig gemacht. Darum erstarrte sie noch mehr und wurde noch leichter davon, entfernte sich von ihm, und ihr Kreuz war ein Stock, leicht nach oben gebogen.

»Ich wäre leicht? Nur ein Hauch?«

»Ich hatte es mir anders vorgestellt«, sagte er, nicht flüsternd, aber leise.

»Ja, aber wie denn?« fragte sie erschrocken, »was soll ich denn machen?«

»Eben gar nichts sollen Sie machen. Schwer sollen Sie sein, auf mir liegen sollen Sie. Um mich zu beschweren. Nicht leicht machen. Schwer. Lassen Sie alles los, haben Sie keine Angst«, sprach er mit seiner Guten-Morgen-Frau-Kermer-Stimme, die ihr das Herz schon oft erweicht hatte. Aber noch war sie starr. Noch schwebte sie über ihm, noch war sie die Krake und berührte ihn nur an den Kleidersäumen.

»Haben Sie keine Angst«, nebelte seine Stimme wieder empor, »ich tu' Ihnen nichts. Kommen Sie. Kommen Sie zu mir.« Er klappte jetzt doch den rechten Arm hoch und legte ihn ihr leicht auf den verspannten Rükken. Sie ließ den Kopf hängen. Seine Hand auf ihrem stocksteifen Kreuz tat ihr gut, ihr Rücken wurde etwas wärmer davon und etwas weicher, so daß sie ihren Körper leichter in sein Fleisch hinuntersenken konnte. Bis sie sich nicht mehr selbst senkte, sondern sank und sich sinken ließ, hinunter, in das erwartungsfrohe Fleisch unter ihr.

Sein Bauch war straff, aber nicht angespannt. Ihr Bauch wölbte sich wie seiner, der das Gefäß des ihren war. Seine Hand auf ihrem Rücken drückte nicht, verbreitete aber genügend Wärme um sich, um Renate immer weiter nachgeben lassen zu können. Als ihre Bäuche schon so eng aufeinanderlagen, daß kein Messer mehr hätte hindurchschneiden können, sagte er:

»Und jetzt machen Sie sich ganz schwer.« Seine Hand bewegte sich einmal zart wie ein Federwisch. Renate lockerte jeden Muskel einzeln, und er atmete tief aus.

Jetzt konnte er nicht mehr fortrollen, jetzt würde aus der Welt er nicht mehr stürzen, jetzt lag er drunter und drin.

Er atmete weiter, sog die Luft tief ein, blies sie weit hinaus. Renate hob und senkte sich mit ihm, bei jedem seiner Atemzüge wurde ihr leichter, während ihr Körper immer schwerer wurde. Sie atmete gegen seinen Atem. Wenn er ausatmete, dann atmete sie ein, bis sie spürte, daß sie ganz in ihm lag. Das Gesicht hatte sie zu ihm hingewandt, er behütete es mit seinen zu vielen Haaren.

»So habe ich es mir gewünscht«, hauchte er, »so«, denn nun konnte er sich nicht mehr bewegen. Er ließ die Hand von ihrem Rücken rutschen und breitete die

Arme auf dem Boden aus. Renates Beine waren um seine leicht gespreizten geschlungen, sie atmeten beide in tiefen Zügen. Renate legte ihre Arme auf seine, langte nach seinen Händen, schlang ihre Finger um die seinen, die die ihren sofort fest umklammerten. Auch sie konnte sich nicht mehr rühren. Der Kühlschrank schüttelte sich und hörte auf zu brummen. Renate war innen ganz leicht und außen ganz schwer, fast schlief sie ein. Dann sprang eine heiße Weite zwischen ihren Beinen auf, als sie spürte, wie sein Geschlecht sich ausgedehnt hatte, aber sie folgerte nichts daraus. Sie war so voller Schlaf, sie hätte schnurren mögen. Und aus ihm war alle Unbestimmtheit gewichen. Er drückte ihre Hände, wie ihr Gewicht ihn zusammendrückte, und lächelte. Er war glücklich, und Renate dachte an gar nichts mehr, das war auch wie Glück.

Später, als sie voneinander sich wieder gelöst, sich gedehnt, geschüttelt und ihre Kleider gerichtet hatten, später, als er sich verabschiedete, hielt er sie an den ausgestreckten Armen.

»Wir machen das wieder, ja?« fragte er mit weichreibender Stimme.

Renate schaute ihn an, dann nickte sie leicht und oft.

»Ja«, sagte sie, es war ein leichtes Keuchen, »wir machen das wieder.«

»Gute Nacht, Frau Kermer«, sagte er dann, die Stimmbänder noch immer sandig, »bis morgen.« Mit seinen ungeübten Gliedern zog er sie an sich und umklammerte sie für zwei Sekunden. Renate stockte der Atem.

»Bis morgen«, sagte sie.

Auf dem Treppenabsatz drehte er sich kurz um und nickte ihr noch einmal zu.

Sie schob ihre Hand in der Luft hin und her, sie winkte wie ein Kind.

Ich habe es gesehen mit meinen Augen

I

Immer läuft der Fernseher, wenn man zu Mahmud kommt. Der Ton ist abgestellt und der Raum erfüllt von der arabischen Musik aus seiner Stereoanlage. Mit untergeschlagenen Beinen und einer großen Decke um die Schultern sitzt Mahmud auf dem Sofa, dem Fernseher genau gegenüber. Sie seien echte Beduinen, sagt er von seiner Familie, der keinen Marshall McLuhan brauchte, um zu begreifen, wofür ein Fernseher gut ist. Vor ihm auf dem Couchtisch steht der Aschenbecher, daneben liegt sein Rauchzeug, er dreht sich eine Zigarette nach der anderen. Außerdem liegen – parallel zueinander und akkurat im rechten Winkel zur Tischkante – Schmerz- und Vitamintabletten auf dem Tisch und – nicht so akkurat geometrisch – die Fernbedienung für den Fernseher und die für den CD-Spieler. Sein Mobiltelefon liegt auch auf dem Tisch, das Festnetztelefon steht darunter. Neben dem Sofa stehen eine Lampe und ein unbenutztes Kassettendeck, auf dem ein kleiner Pokal steht, den er für ein Jahr ohne Drogen bekommen hat. Das ist schon eine Weile her; Mahmud ist seit sechs Jahren clean. »Weiß oder schwarz«, sagt er gerne, und daß er sich entschieden habe, nur noch weiß zu leben. Voller Leidenschaft sagt er das, »nur weiß«, denn anders gehe es nicht.

So sitzt Mahmud in seinem Wohnzimmer. Es ist später Vormittag, die Balkontür steht offen. Wenn man hinausgeht, sieht man, daß Mahmud Pflanzen liebt, denn auf der Brüstung steht ein gepflegter Blumentopf neben dem anderen. Er liebe Pflanzen so sehr, sagt er, daß er bei einer Flucht einmal alle seine Pflanzen auf dem Dach des Jeeps mitgenommen habe. Trotzdem gießt er die Pflanzen auf seinem Balkon nicht, sondern überläßt das seiner Freundin, die zwar eine eigene Wohnung hat, aber so gut wie jeden Abend zu ihm kommt.

Auch abends sitzt Mahmud mit untergeschlagenen Beinen auf dem Sofa, hört Musik und schaut den stumm laufenden Fernseher an. Dazu hat er dann ein Glas und eine Dose Bier auf Bierdeckeln vor sich stehen und betrinkt sich. Bierdosen sind genug da. Sobald eine leer ist, geht er in die Küche und holt eine neue. Was im Fernsehen läuft, ist egal, es ist einfach bunt und bewegt sich. Worum es in den arabischen Liedern geht, versteht man auch, wenn man kein Arabisch kann. Der Sänger singt von seinem Schmerz. An der Frequenz des Wortes »habibi« kann man erkennen, ob es sich um ein Liebeslied handelt oder nicht. Das sei Musik aus den sechziger Jahren, sagt Mahmud, die Musik seiner Kindheit. Die CD hat ihm jemand gebrannt, sie läuft stundenlang. Er habe eine CD, die eine ganze Woche laufe, sagt er, da seien hundertzwanzig Lieder drauf.

Wenn er betrunken sei, dann übertreibe er manchmal, sagt Mahmud. Wenn er nicht betrunken ist, sagt er Dinge, die man in Europa selten hört, zum Beispiel: »Wir Palästinenser geben nie auf. Und wenn wir noch hundert Jahre warten müssen, bis das Land wieder uns gehört, wir geben nicht auf.« Er sagt auch: »Lieber im Stehen sterben, als in die Knie gehen.«

Mahmud wurde Ende 1958 im Libanon geboren.

Seine Familie stammt aus Haifa, von wo sie 1948 vertrieben wurde. Haifa sei die schönste Stadt in Palästina, sagt Mahmud, der noch nie dort war. Im Libanon war er auch schon lange nicht mehr. Bei seinem letzten Besuch hat er sein viertes Kind gezeugt, seinen ersten Sohn. Der ist jetzt schon vierzehn und kennt seinen Vater nur von Fotos.

Mahmud hat nur fünf Schulklassen besucht. Als er elf Jahre alt war, begann seine militärische Laufbahn. Mit sechzehn kämpfte er in der PFLP. Er habe immer nur Krieg erlebt, sagt er, und daß es nie einen freien Tag gab, kein Wochenende, nichts, weil jeden Tag Krieg war.

Daß er mit elf Jahren Kindersoldat wurde, lag allerdings nicht daran, daß die Palästinenser nie aufgeben, sondern daran, daß sein Vater ihn soviel geschlagen hat. Mahmud ist mit elf Jahren von daheim abgehauen. Dann war er ein Jahr in Syrien und hat Krieg gelernt, dann kam er wieder, aber nicht zu seinen Eltern. Lieber schlief er auf dem Friedhof neben dem Grab seiner Tante, die er gern gehabt hatte, und baute sich eine Mofa- und Fahrradwerkstatt. Baute sie im Wortsinne. Die Steine dafür stahl er überall, das Geld dafür stahl er in der Freitagnacht bei Firmen, die am Samstag die Löhne für die Woche auszahlen wollten. Von den Lieferlastwägen einer Kaugummifabrik stahl er ganze Kartons voll Kaugummi, den er dann verkaufte.

Fünfhundert Steine stahl er und sehr viel Geld. Davon kaufte er fünf Mofas und zehn Fahrräder, die er dann verlieh. Sein kleines Haus hatte zwei Räume, einer war die Werkstatt, im anderen wohnte er. Er stahl auch zwei Weinstöcke; einen pflanzte er vor das Haus, den anderen dahinter.

Das Dach seines kleinen Hauses bastelte er aus einer Edelstahljalousie, und als alles fertig war, kam sein Vater und fragte, ob er sie nicht einmal daheim besuchen wolle. Das wollte er nicht. Sein Vater schaute sich das Dach an, und als er am nächsten Tag wiederkam, brachte er eine Leiter mit. Sein Vater hat zwar nur ein Bein, weil er das andere in den dreißiger Jahren im Kampf gegen die Engländer verlor, aber er stieg auf der Leiter aufs Dach hinauf und prüfte, ob der Regen auch ablaufen könne. Das ist das einzige Sympathische, was Mahmud mir von seinem Vater erzählt hat.

Mahmud hat keinen sehr feinen Wortschatz. Er weiß viele Wörter, die man auf der Straße lernt, aber es rutschen ihm auch andere Wörter dazwischen. Einen Bekannten zum Beispiel nennt er Holzklotz, und als ich ihn fragte, woher er dieses Wort kenne, sagte er, er habe auch früher schon saubere Leute wie mich gekannt, Familien mit Kindern, und die hätten ihn gern gehabt. (Auch die Frau auf dem Sozialamt habe ihn gern, und er ist sehr froh darüber. »Ich liebe meine Sachbearbeiterin«, sagt er.) Mit seinem wilden Wortschatz kann er, in wüsten Sätzen, alles sagen, was er sagen will. Er lebt schon sehr lange hier. Als ich das erste Mal mit ihm geredet habe, hat er mich allerdings nicht gut verstanden und darum gesagt: »Sprich keine Grammatik mit mir.«

Er spricht oft in der dritten Person von sich, nennt also oft seinen Namen. Er erzählt zum Beispiel von etwas, das andere Leute tun, er aber nicht, und schließt das ab mit: »Mahmud – nein.« Wenn er »nein« sagt, unterstreicht er das gerne beidhändig mit einer sehr präzisen Geste. Er stellt die Zeigefinger auf, hebt die Hände vor der Brust über Kreuz und zieht sie dann sehr entschieden auseinander.

Wenn er erzählt, kommt immer viel zusammen: Krieg, Panzer, Essen, Drogen, Knast, Hühnerauge, Arzt, Sozialamt, Bauchweh, Kalaschnikow, Handgranate.

Seine erste schwere Verletzung erlitt er mit sechzehn. Da ist ihm ein Granatsplitter unter dem rechten Auge ins Gesicht geflogen und unten in der Backe hängengeblieben. Er kann ihn tasten. Auf dieser Seite sieht sein Gesicht anders aus als auf der anderen. Es ist eine Grube drin, fast ein Loch. Weil der Granatsplitter es herunterzieht.

Ich kenne niemanden sonst, in dessen Körper Granatsplitter sind und der die Spuren davon deutlich trägt.

Es geschahen Mahmud aber alle seine Verletzungen am Anfang des Krieges, im ersten Jahr des endlos langen libanesischen Bürgerkrieges. Auch direkt unterm Kinn hängt ihm ein Splitter oder ein Steinchen, was genau, weiß er nicht. Da sei alles mögliche herumgeflogen, als dieser Panzer hochging. Der Granatsplitter aber kam von einem syrischen Panzer. Am Leib hat er eine Narbe von einem weiteren Granatsplitter, der ihn wenig später traf, und am Anfang des Sommers, zu der Zeit im Jahr, als er diese Wunde erhielt, fängt sie an zu schmerzen. Denn der Körper vergißt nicht.

Entlang der Bahn, die der Granatsplitter nahm, vom rechten Jochbein hinunter, bis er unterm Kiefer hängenblieb, war Mahmuds Backe taub, und sein rechtes Auge war fast blind, mit dem konnte er nur hell und dunkel unterscheiden. Fünfundzwanzig Jahre lang war das so, erst seit zwei Jahren bessert es sich. Aus einem bestimmten Winkel kann er inzwischen auch mit dem rechten Auge sehen, und auch seine rechte Backe ist nicht mehr ganz taub. Er hat angefangen, wieder etwas zu spüren.

Zwar habe ich früher jedes Jahr gesagt, zwischen Weihnachten und Neujahr könne man nicht in Berlin sein, weil es da zugehe wie in Beirut, aber außer daß es in Beirut schrecklich zuging, wußte ich so gut wie nichts vom libanesischen Bürgerkrieg. Später hätte ich sagen können, es gehe zu wie in Sarajevo oder wie in Grosny, aber als das aktuell war, hatte ich schon aufgehört, so zu reden. Und jetzt würde ich einen solchen Vergleich sowieso nicht mehr anstellen. »Ich habe es gesehen mit meinen Augen«, sagt Mahmud, wenn er bekräftigen will, daß wahrhaftig geschehen sei, was er erzählt. Jetzt, wo ich jemanden kenne, der wirklich erlebt hat, wie es in Beirut im Bürgerkrieg zuging, käme mir das zynisch vor, so zu reden. Es ist auch wirklich zynisch.

Der libanesische Bürgerkrieg begann am 13. April 1975. Das heißt, das ist der Tag, an dem der Funke zündete. Am Morgen wurden bei einem Attentatsversuch auf Pierre Jumayyil vier Falangisten erschossen, weswegen am Nachmittag Falangisten, die glaubten, daß Palästinenser dieses Attentat verübt hätten, bei Tall Zatar, einem palästinensischen Flüchtlingslager, einen Bus überfielen und sechsundzwanzig Palästinenser hinmetzelten. Mahmud weiß es nicht genau, aber es kann sein, daß er dort geboren wurde, in Tall Zatar. Jedenfalls lebte er dort, wieder mit seiner Familie zusammen, als im Jahr darauf syrische Panzer vier palästinensische Flüchtlingslager überrollten, darunter seines. Der Krieg hat sich sofort in ihn eingegraben und ihm einen unauslöschlichen Eindruck gemacht. In dem Loch unter seinem rechten Auge könnten sich Tränen sammeln, aber er weint natürlich nie. Er sagt auch, er könne nicht mehr lieben, weil er den Krieg erlebt habe und weil er schon seine eigene Frau nicht liebe. Durchaus habe er einmal ein Mädchen geliebt, aber das sei im Krieg umgekommen.

Jeden Morgen, wenn er in den Spiegel schaue, sehe er, was ihm geschehen ist, sagt er, und daß er sich schon sehr dafür gerächt habe, aber immer noch nicht genug. Denn die syrischen Panzer, die das Flüchtlingslager überrollten, haben noch viel Schlimmeres angerichtet, als sein Gesicht fürs Leben zu zeichnen.

Als erstes nämlich wurde bei jenem Angriff seine Mutter erschossen, die gerade am Brunnen stand und Wasser holte.

Sie schossen ihr in die Stirn, so erzählt es Mahmud, und sie fiel tot in den Brunnen.

Dort blieb sie liegen, darum konnten sie sie nicht begraben.

Seine älteste Schwester, Mutter von vier Kindern, wurde bei diesem selben Angriff so schwer verletzt, daß sie ein paar Tage später auch starb.

Das Krankenhaus war ebenfalls zerstört, aber es gab eine Krankenstation. Dort wurden seine Verletzungen behandelt.

Dort war auch seine Schwester, mit der er noch habe sprechen können, bevor sie starb.

Danach zog Mahmud in den Krieg.

(Seine andere ältere Schwester ist auch tot, aber sie ist an einer Krankheit gestorben.) Sie waren sechs Brüder und sechs Schwestern. Erst kamen zwei Schwestern, dann vier Brüder, er ist der vierte, dann kamen die anderen sechs Geschwister. Zwölf Geschwister sind sie gewesen.

Als Mahmud neunzehn war, kam er nach Deutschland und stellte einen Asylantrag. Sie brachten ihn nach Zirndorf bei Nürnberg. Als er sah, wie viele amerikanische Soldaten es dort gab (denn Franken gehörte zur amerikanischen Besatzungszone), zog er seinen Asylantrag zurück und ging zurück in den Libanon, in den Krieg. Wirklich deshalb, wegen der vielen amerikanischen Soldaten? frage ich. Ja, sagt Mahmud. Aber die haben dir doch nichts getan, sage ich, und er sagt, ja, aber es sei ihm von klein auf eingelöffelt worden, daß die Amerikaner den Israelis helfen und amerikanische Soldaten darum ebenso der Feind seien wie die Israelis. Und außerdem sei er damals nach Deutschland gekommen, weil er einmal etwas anderes habe sehen wollen. Als er den Antrag zurückzog, habe er gedacht, das sei egal; wenn er wieder wegwolle, könne er auch in die DDR oder sonstwohin. In den achtziger Jahren hat er dann wieder einen Asylantrag gestellt. Der wurde 1989 abgelehnt, seither lebt er als geduldeter Ausländer hier, also ohne Aufenthaltsgenehmigung und ohne Arbeitserlaubnis. Er dürfe Berlin nicht verlassen und könne nicht einmal heiraten, sagt er; wenn er das nur beantragte, würden sie ihn erst einmal in den Libanon zurückschicken.

Das hat er durchaus erkannt, daß ihm der Haß auf Israel und Amerika von klein auf eingetrichtert, daß er von Anfang an indoktriniert wurde. Aber daß er weiß, wo er herkommt, der Haß, ändert nichts daran, daß er ihn weiterhin hat. Dabei bemüht er sich wenigstens, zwischen Juden allgemein und Israelis zu unterscheiden. Wenn er etwas gegen Juden hätte, das wäre ja rassistisch, sagt er, und er sei kein Rassist. Die Juden seien die Cousins der Palästinenser, sagt er, sie kämen doch aus demselben Volk. Die Israelis hingegen sind die, die den Palästinensern das Land weggenommen haben.

Als er damals in den Libanon zurückkam, bemühte er sich um ein ziviles Leben. Er betrieb eine Autowerkstatt und einen Imbiß, in dem ein Angestellter arbeitete und in dem alles gut geordnet war, wie er sagt, denn neben den Vorräten habe die Kalaschnikow gelegen, und auch ein Walkie-Talkie sei dagewesen für den Fall, daß etwas passiert: »Ich habe eine Embiß gehabt, hat eine andere da gearbeitet, hat gehabt da alle Essen, daneben Kalaschnikow, daneben Walkie-Talkie, wenn etwas ist.«

Sein Vater drängte auf Heirat. Mahmud sagt, er habe sich von seinem Vater verarschen lassen. Der nämlich habe gesagt, die Liebe käme dann schon, wenn erst einmal ein Kind da sei. Die Liebe kam aber nicht, auch nach vier Kindern ist sie nicht da. Als zehn Jahre später die drei Töchter geboren waren, kehrte er nach Deutschland zurück, was ihm ungleich schwerer fiel als beim ersten Mal. Sein Vater habe jedoch darauf bestanden, daß er gehe, sagt er, denn es seien wegen ein und derselben Sache drei Haftbefehle gegen ihn ausgestellt gewesen, einer von den Libanesen, einer von den Syrern, einer von der PLO. Diese Sache ist die, daß er einen dem Rang nach über ihm stehenden Militär zum Krüppel geschossen hat. Sie hätten keine Soldaten mehr sein wollen, sagt Mahmud, aber dieser Mann wollte nicht zu-lassen, daß er und seine Truppe den Soldaten- mit dem Zivilstand vertauschten. Was dieser Mann genau für eine Macht hatte, womit er drohte, habe ich in der Zeit, da ich ihn kannte, nicht erfahren können, aber Mahmud kehrt immer wieder zu dieser Geschichte zurück.

Später war er noch einmal zu Besuch im Libanon, bei dieser Gelegenheit zeugte er seinen Sohn. Jeden Monat kratzt Mahmud, der von Sozialhilfe lebt und nur ein »Falafelpapier« hat – so nennt er diesen Zustand, daß er in Deutschland nur geduldet und darum stets von Abschiebung bedroht ist, was ihm spätestens jedes halbe Jahr, bevor er zur Ausländerbehörde gehen muß, Bauchweh bereitet –, jeden Monat kratzt Mahmud bei seinen Brüdern Geld zusammen, damit er es seiner Frau schicken kann. Wenn seine Brüder ihm nicht genug geben, schämt er sich. Von dem Geld, das er seiner Familie schickt, ruft sein Sohn ihn dann auf seinem Mobiltelefon an und erzählt ihm zum Beispiel, wie er sich mit seiner Schwester streitet. Es liegt allerdings an Mahmud selbst, daß seine Familie das Geld mit Anrufen auf das Mobiltelefon verpulvert, weil er ihnen nur diese Nummer gegeben hat. Auch mir hat er nur diese Nummer gegeben.

Wenn ich Mahmud treffe, dann redet er und redet und redet immer weiter. Nach einer Stunde sagt er: »Ich vollquatsche dich«, dann sage ich, nein, keineswegs, denn ich höre ihm gerne zu. Also redet er weiter. Von mir weiß er, glaube ich, so gut wie gar nichts. Jedenfalls keine Zahlen, Daten, Fakten. Allerdings hat er gesagt, er habe Gesichter lesen gelernt, eine wirkliche Ausbildung sei das gewesen, weil man das im Krieg brauche, und womöglich reicht ihm, was er in meinem Gesicht liest. Es würde mich interessieren, was das ist. Einmal habe ich ihm ein Foto von mir gezeigt, und er sagte, ich sähe darauf traurig, aber glücklich aus. Er deutete auf die Kuhle unten am Hals, an der habe er das abgelesen.

Was Mahmud im Bett macht, kann man nicht Vögeln nennen, das wäre ein zu freundliches Wort. Zwar versucht er in den wenigen Minuten Geschlechtsverkehr auch andere Dinge, als nur seinen Schwanz in mich hineinzustecken, aber immer nur sehr kurz. Es wirkt nie so, als täte er das aus einem eigenen Impuls, sondern so, als seien das Aufgaben, die erledigt werden müssen; das Wahlpflichtprogramm, das möglichst effizient absolviert werden muß. Einfach so beieinanderzuliegen, kennt er nicht. Er sagt, das Bett sei zum Ficken und zum Schlafen da, nicht zum Rumliegen.

Also Ficken mit Mahmud. An einem Montag schloß er das gleich zur Begrüßung mit der Begründung aus, er habe das ganze Wochenende durchgefickt. Mit wem denn?, fragte ich. Na, mit seiner Freundin natürlich, mit wem denn sonst. Ja, und warum?, fragte ich. »War langweilig!« rief er, »nichts zu tun!«

Wie sehr Mahmud vom Krieg geprägt ist, merkt man auch, wenn er erzählt, wie er Streitigkeiten angeht, nämlich immer zuerst damit, daß er alle Arschloch nennt.

Wenn er von einem Streit erzählt, wird er so hart, daß ich fast Angst bekomme, obwohl er es ja nur erzählt und gar nicht mich meint. Daß er Leute, die körperlich Streit mit ihm suchen, sofort verprügelt, mag einem cholerischen Temperament geschuldet sein, aber eher noch scheint es mir von der enormen Spannung herzurühren, unter der er steht, immer, er steht immer unter Spannung.

Manchmal hat er ein weiches Gesicht, dann sieht er ganz jung aus. Dieses Gesicht hat er, wenn er mal für einen Moment nicht weiß, was er sagen soll, wo er doch eigentlich immer weiß, was er sagen soll, zur Not etwas Ordinäres. Er hat dieses junge Gesicht aber auch bei der Rammelei, andererseits zeigt sich da am deutlichsten, daß er nach wie vor im Krieg lebt. Sein Körper ist noch immer im Krieg. Oder andersherum: sein Körper weiß nicht, was Frieden ist. Zwar kennt er die Entspannung, die ein Orgasmus bietet, aber die genießt er nicht. Er kann sie nur wiederholen. Die Rammelei ist immer spätestens nach fünf Minuten beendet. Es wird also das Bett erst im Zustand großer Aufgegeiltheit aufgesucht, dann wird das alte Rein-raus-Spiel gespielt, und wenn er kommt, dann schreit er, und zwar schreit er wirklich. Das gefiel mir gut, denn das hatte ich in dieser Lautstärke mit anderen Männern noch nicht erlebt.

Sobald er abgespritzt hat, springt Mahmud auf, geht ins Bad, hockt sich unter die Dusche, nimmt rituelle Waschungen vor und spricht Gebete. Dann zieht er sich seine zu große Grobrippunterwäsche wieder an, setzt sich dem Fernseher gegenüber aufs Sofa, legt seine Decke um die Schultern und dreht die nächste Zigarette.

Mahmud betont immer wieder, daß er »ein Gebügelter« sei, womit er meint, daß er sehr viel Wert auf schicke Kleidung lege. Ich könne in seinen Schrank schauen, sagte er mir öfter, dort hingen sechzig Anzüge. Davon habe ich allerdings nicht viel bemerkt, denn zuhause läuft er nur in dieser scheußlichen Unterwäsche herum, und ich habe ihn meistens in seiner Wohnung erlebt, denn er wollte immer besucht werden und war nur zweimal bei mir, ganz am Anfang.

Darum habe ich ihn vor allem in Unterwäsche in Erinnerung. Um so lieber erinnere ich mich an die paar Male, da ich ihn angezogen gesehen habe, denn da sah er wirklich immer sehr schick aus. Er hat ein gutes Auge für Farben. Zum Beispiel trug er einmal ein auberginenfarbenes T-Shirt, in dem er aussah wie ein junger Gott, obwohl er immerzu sagt, daß er ein alter Mann sei. Und später einmal sah er in einem Hemd in einer ähnlichen Farbe so rasend elegant aus, daß ich es bedauerte, daß das nichts wurde mit uns, weil ich ihn gerne öfter angeschaut hätte.

Mahmud hat also überhaupt kein Geld und ist in einem fort auf der Suche nach Schwarzarbeit, findet aber keine. In einem Imbiß würde er gerne arbeiten, sagt er, am liebsten würde er selber einen eröffnen. Den würde er »Tall Zatar« nennen. Er könne die besten Falafel überhaupt machen, und sein Tahine schmecke nie bitter. Er könne auch Autos schrauben, habe dafür aber kein Werkzeug mehr. Wenn alles klappt, macht einer seiner Brüder demnächst einen Imbiß auf, da würde er dann arbeiten, und es wäre nicht einmal richtige Schwarzarbeit, sondern Hilfe innerhalb der Familie. Vier seiner fünf Brüder leben in Deutschland, drei von ihnen in Berlin. Daß er kein Geld verdient, bedrückt Mahmud sehr. Weil er laufend auf Arbeitssuche ist, sagt er oft, er habe keine Zeit. »Zuviel zu tun!«

Die Haftbefehle im Libanon sind inzwischen verfallen, er könnte zurück. Der Libanon würde ihn aber nicht akzeptieren, sagt er, auch dort bekäme er weder eine Aufenthalts- noch eine Arbeitserlaubnis, das heißt, er kann nicht in den Libanon abgeschoben werden. Höchstens könnte man mit ihm so verfahren wie mit einem seiner Brüder, ihn nämlich nach Syrien bringen, wo er sich dann vierundzwanzig Stunden aufhalten dürfte und von wo er selbst, auf dem Landweg, in den Libanon weiterreisen müßte. Auf diesem Wege würde man ihn dann nicht aus dem Libanon ausweisen. Ich habe es nicht genau verstanden, womöglich müßte er die Grenze illegal überschreiten.

Er habe in Deutschland schon viel gelitten, sagt Mahmud. Zugleich sagt er, daß Deutschland die Palästinenser gut behandele, weswegen palästinensische Terroristen überall auf der Welt Anschläge verüben dürften, nur in Deutschland nicht, und in Schweden auch nicht. Zu dem Attentat auf die israelische Olympiamannschaft in München 1972 seien sie gezwungen worden: sie, die Palästinenser hätten sich bekannt machen müssen, denn vorher habe keiner etwas von ihnen gewußt, vorher habe die Welt nur von Israel gewußt, aber nicht von Palästina. Das Kommando, das die israelischen Sportler als Geiseln nahm, habe sie nicht umbringen wollen, sei aber dazu gezwungen worden, als die deutsche Polizei begonnen habe, die Geiselnehmer zu erschießen. Da hätten diese die Israelis erschießen müssen, denn das ginge nicht, daß sie selbst sterben und die anderen überleben.

Wenn er zurückginge in den Libanon, sagt Mahmud, würden ihn die Leute fragen, was er erreicht habe, und dann müßte er ihnen sagen, gar nichts, er komme mit leeren Händen zurück. War so lange in der Fremde und hat absolut gar nichts erreicht, hat überhaupt nichts zum Vorzeigen. Da würden sie sich über ihn lustig machen.

Aber seine Kinder ernährt er, daraus bezieht er seinen Stolz.

Er könne mir den ganzen libanesischen Bürgerkrieg erzählen, sagt Mahmud, und zwar so, wie er wirklich war, und damit könne ich gewiß einen Bestseller landen. Er habe nur eine Bedingung: von dem Geld, das ich damit verdienen würde, wolle er nichts haben. Bevor er alles erzähle, müsse er allerdings einen Monat lang den Frust rauslassen. Wenn Mahmud »Frust« sagt, klingt es wie »Frost«. Den Frost rauslassen, dachte ich, das Herz abtauen und aufwärmen, damit die vielen Geschichten nicht auf ewig darin gefroren bleiben, sondern herauskönnen.

Solche Vorstellungen kann man nur als westlicher Mitteleuropäer entwickeln.

Je länger ich Mahmud kenne, um so schwieriger wird es, alles aufzuschreiben. Um so mehr lasse ich weg. Was er im Krieg gemacht hat, was er als Soldat gemacht hat, zum Beispiel, das lasse ich alles weg. Ich glaube, es ist mir unheimlich. Ich will lieber nicht genau wissen, wie viele Leute er erschossen hat. Ich will mich nicht in den Krieg hineinbegeben, weil ich darin keine Position beziehen will, was ich aber tun müßte, wenn ich über seinen Krieg schreiben wollte, also aus der Sicht eines Soldaten, der daran teilgenommen hat, und nicht allgemein, nicht so darüber schreiben könnte, wie das in der Dichtung geschieht, wenn sie groß ist:

First Witch.
When shall we three meet again,
In thunder, lightning, or in rain?
Second Witch.
When the hurlyburly's done,
When the battle's lost and won.
Third Witch.
That will be ere the set of sun.

Vom Krieg zu berichten auf eine Weise, die gültig bleibt, ist nur möglich, wenn man das Ganze im Auge behält, ihn von allen Seiten betrachtet, wenn man ihn als verloren ebenso wie als gewonnen sehen kann, und zwar gleichzeitig. (Hier ist nur das Ganze das Wahre.)

II

Ich habe mir von Anfang an aufgeschrieben, was Mahmud gesagt hat. All die grotesken Ausdrücke, in denen die permanente Grundbeleidigung immer etwas mit einem Arsch zu tun hat. Das Messer stecke ich dir in den Arsch.

Die Übertreibungen. Dein Herz ist so klein wie eine Maus, aber meins ist so groß wie dein Kopf. Ich gebe ihm einen Finger, und er nimmt den ganzen Arm.

Die Farben. Jemandem rote Augen zeigen, heißt, jemandem seine Wut zeigen.

Um mich zu beruhigen, darum habe ich mir nach den Begegnungen mit ihm Notizen gemacht.

Mahmud mit seinem Haß auf Israel und seinem Ekel vor Schwulen.

Mahmud, der sagt, er könne keine Frau als Chef haben, weil er Frauen nicht ernst nehmen könne.

Mahmud, der sehr gut verstand, was in mir vorging, und das normal fand, weil alle Frauen ihm verfielen. Er sagte, ich müsse aufpassen, nach zwei Jahren mit ihm sei ich verloren.

Mahmud mit seiner Drogensucht und Drogentherapie und Biersauferei und Kettenraucherei.

Mahmud, der insgesamt ein halbes Jahr im Knast war.

Mahmud, der viele viele Jahre lang Soldat war und mehr Leute totgeschossen hat, als ich mir vorstellen möchte.

Mahmud, der fromme Moslem, der sagt: »Ich habe vor nichts Angst, außer vor meinem Gott.« Wegen seiner Frömmigkeit sei er in der PFLP nicht als Kommunist geführt worden, sondern als Revolutionär. (Mahmud sagt allerdings »Revolutionell«.)

Mahmud mit seiner Freude an Geschichten, die er völlig anders erzählt, als ich sie erzählen würde. Sie klingen alle sehr abenteuerlich, scheinen aber doch wenigstens einen wahren Kern zu haben.

Mahmud, der in Deutschland praktisch Analphabet ist, weil er die lateinische Schrift nur mit großer Mühe, die er sich ungern macht, lesen kann. Die arabische

Schrift beherrscht er natürlich schon, und das muß er auch, weil der Koran ja auf arabisch geschrieben ist. (Der Koran sei zum größten Teil unübersetzbar, sagt Mahmud, darum bräuchten die anderen Völker die Araber, damit die ihnen erklären, was genau drinsteht. Auch hat er mir erklärt, daß Gott Muhammad gerade darum als Propheten ausgewählt habe, weil der nicht habe lesen und schreiben können: damit man nicht denkt, daß Muhammad sich das ausgedacht habe, sondern damit die Welt das glaubt, daß der Koran wirklich von Gott kommt. Vielleicht ist das der Grund dafür, daß ihn sein faktisches Analphabetentum nicht stört und er es auch jederzeit sofort zugibt.)

Mahmud, der sich tatsächlich unbedingt an seinen Grundsatz »weiß oder schwarz« hält und »nur weiß« lebt und lieber läuft, als in der U-Bahn schwarzzufahren, der also genauso bedingungslos sauber bleiben will, wie er bedingungslos darauf beharrt, daß ganz Palästina wieder den Palästinensern gehören muß.

Mahmud, der trotzdem, wenigstens, wenn man ihn darauf aufmerksam macht, zwischen Juden und Israelis unterscheidet und tatsächlich kein Antisemit sein will.

Mahmud hat mich maßlos aufgeregt, und ich habe mich ziemlich in ihn verknallt. Sobald er das geschafft hatte und als nächstes, daß ich ihm auf offener Straße eine Szene machte, hat er mit mir Schluß gemacht. Da kannte ich ihn sieben Wochen.

Als ich ihn zum dritten Mal sah, eine Woche, nachdem wir uns kennengelernt hatten, fing er an, mich zu küssen. Er küßte mich zweimal auf die Backe, wonach er jedesmal »Dieb!« rief, und sagte als nächstes, er wolle keine feste Beziehung, weil er eine Freundin habe. Mir war das recht, ich war ja auch bloß auf der Suche nach fleischlichen Vergnügungen und bedachte nicht, woran Mahmud mich zwei Tage später erinnerte: daß es rein sexuelle Beziehungen nämlich gar nicht gibt. Und ahnte nicht, daß ich eine Woche später glauben sollte, ich würde durchdrehen vor Glück, weil ich mich plötzlich so sehr in ihn verliebt hatte.

Dieses erste Mal geschah am ersten Mai. Wir saßen in einem leeren Café an der Oranienstraße, und draußen fing gerade die alljährliche Straßenschlacht an. Das war wunderbar anzusehen. Vor dem Café war das Gitter heruntergelassen, aber die Tür stand offen. Draußen war alles voller Menschen; das war überhaupt das Schönste an diesem Tag, daß nur Menschen auf der Straße waren und keine Autos und auch kein Büdchenzauber getrieben wurde. Es war auch, wie stets der erste Mai in Berlin, der erste richtig warme Tag des Jahres. Durch das Gitter sah ich, wie die Menge erst nach rechts lief, in Richtung Oranienplatz, dann nach links. Darauf gab es einen Moment, wo die Laufrichtungen sich verzahnten, als würde die Menge sich selbst auffressen wollen. Als es sich auf unserem Abschnitt der Oranienstraße etwas beruhigt hatte, weil die Aufstandsinszenierung woanders stattfand, gingen wir los. Wegen der Polizeiabsperrungen und weil wir nicht dorthin wollten, wo die Autos brannten, sondern in mein Bett, mußten wir einen weiten Bogen schlagen und erst in die falsche Richtung gehen. Wir hatten einen großen Umweg gemacht und waren eine schöne Spirale gelaufen, als wir bei mir zuhause anlangten.

Zwei Tage später war ich abends bei ihm, und danach dachte ich, daß da etwas anfange. Mehr konnte ich gar nicht denken, ich war so begeistert. Da war er nicht mehr nur jemand, der seine Freude an mir in direkter Aktion zum Ausdruck brachte statt allein durch beredsames Ausstellen seiner Großartigkeit, sondern war jemand ganz Besonderes geworden. Jemand nämlich, der eine Geschichte zu erzählen hatte, nein, nicht eine, sondern endlos viele Geschichten. Den ganzen libanesischen Bürgerkrieg aufzuschreiben, wie er vorgeschlagen hatte, fand ich eine ausgezeichnete Idee. Das wollte ich sehr gerne tun, aber außerdem wollte ich noch schreiben, wie er jetzt lebt. Der libanesische Bürgerkrieg und die Lage des palästinensischen Volkes sollten die Folie sein für die Situation eines Menschen, der stets von Abschiebung bedroht ist, dabei außerdem unter dem Druck steht, seine Kinder wenigstens finanziell zu versorgen, während er zugleich immer noch im Kampf gegen die Drogen bestehen muß. (Er sagt, er habe dreiundzwanzig Rohypnol an einem Tag nehmen können, dabei lasse schon eine einzige ein Kamel drei Tage lang schlafen.) Was manche Menschen aushalten müssen. Wie weit das entfernt ist von unseren westeuropäischen Sorgen, obwohl diese anderen Sorgen mitten unter uns sind. Ungewöhnlich an ihm ist außerdem, daß er nicht dumm ist, dabei aber so gut wie gar keine formale Bildung besitzt. Auch das ist selten in Westeuropa.

Jemanden wie ihn hatte ich noch nie kennengelernt. Jemanden, der ausschließlich Dinge sagt, die etwas bedeuten, alles so meint, wie er es sagt, und zugleich gerne übertreibt, so daß man eigentlich nie weiß, was man glauben soll.

Und dann hat er gesagt, er wolle mit seiner Freundin zusammensein und nicht mit mir. Zum einen habe er die nun einmal früher kennengelernt als mich, zum anderen sei ich eine schwierige Frau, während seine Freundin es aushalten könne, von ihm angeschrien zu werden, wenn er betrunken ist. Offenbar geht es ihm gar nicht um eine bestimmte Frau, dachte ich, sondern nur um das Prinzip Frau, und ich passe nicht in sein Schema. Natürlich möchte ich lieber als Individuum wahrgenommen und nicht danach beurteilt werden, ob ich in ein Schema passe oder nicht, doch die Zurückweisung schmerzte mich darum nicht weniger. Es ist allerdings, wenn ich darüber nachdenke, sehr nobel, einer Frau, von der man glaubt, daß sie das nicht ertragen könne, das Angeschrienwerden ersparen zu wollen, wenn man schon nicht auf die Idee kommt, es vielleicht seinzulassen. (Ich würde natürlich nicht sagen, daß ich das nicht ertragen könnte, sondern daß ich das nicht ertragen wollte, aber das kommt aufs selbe heraus.) Oder es ist einfach ein Zeichen seiner Intelligenz, daß er die Sache auf diese Weise beendet hat, nachdem er eine Woche vorher gesagt hatte, daß er mich liebt. Nicht nur war er viel pragmatischer als ich und hat darum genau verstanden, daß wir es auf gar keinen Fall miteinander aushalten würden, sondern er hat auch einen Trennungsgrund gefunden, dem ich absolut nichts entgegensetzen kann. (Mein bester Freund nannte diese Argumentation levantinische Schläue.)

III

»Stör mich nicht, ich erzähle gerade eine traurige Geschichte«, sagte Mahmuds bester Freund einmal zu jemand anderem, während er mir eine traurige Geschichte erzählte.

Bei einer anderen Gelegenheit sagte mir Mahmuds bester Freund, über sein Leben könne ich drei Bände schreiben. Er sei mit fünfzehn von daheim abgehauen, weil sein Vater ihn immer geschlagen habe. Er habe schon 1968 in der PLO gekämpft. Er habe Drogenprobleme gehabt.

Und so weiter.

An der Kreuzung Koch- und Friedrichstraße, auf der Kochstraße stehend, in Richtung GSW- und Springer-Hochhaus blickend, rechts vorne also alle Rottöne dieser Erde in Form von Sonnenblenden als konvexe Scheibe hoch aufgestellt und links hinten, in halber Ferne, das goldene Kalb als hoher schmaler Quader, an dieser Kreuzung mußte ich lange stehen, weil diese Kreuzung über eine Experimentalampel verfügt.

An dieser Kreuzung müssen zwar die Autos abwechselnd nach Norden und Süden und nach Westen und Osten fahren, aber die Fußgänger haben immer alle auf einmal Grün und können darum die Kreuzung auch diagonal überqueren, was dem Inhaber des Asia-Imbisses rechts neben mir bemerkenswert genug erschienen war, um seinen Laden nicht allein »Checkpoint Charlie« nach der Grenzübergangsstelle in die DDR, die sich einst unweit seiner Garküche, nämlich ein Stück links in die Friedrichstraße hinein, befand, sondern auch »AMPEL« zu nennen, also »Checkpoint Charlie AMPEL«.

An dieser Kreuzung nun stand ich lange und wunderte mich dabei über das Eckhaus rechts vor mir, das diese Bezeichnung so eigentlich nicht tragen kann, denn seine Ecke ist gerundet und vorne durchgehend mit Glas verkleidet. Sieben oder acht Stockwerke geht das hinauf, jede Wohnung hat eine vollverglaste Loggia zur Kreuzung hin, und die meisten Bewohner haben sie mit Pflanzen und Gerümpel zugestellt, damit ihnen nicht jeder in ihr Privatleben hineinschauen kann, der da zufällig an der Ampel warten muß, was, aus dem genannten Grunde, jeweils vergleichsweise lange dauert. Nur im dritten Stock die Leute haben Sessel und Tische in ihre Loggia hineingestellt, und sie saßen auch tatsächlich dort drinnen, ohne durch Vorhänge geschützt zu sein. So bildeten sie das lebende Inventar der Ausstellung »Menschen im 21. Jahrhundert«. Bloß wäre das, dachte ich, eine Ausstellung für ein späteres Jahrhundert. Oder stellt auch jemand die Gegenwart aus? Oder stellt die Gegenwart sich selber aus? Vielleicht schon. Aber nicht in Vitrinen.

Das ist ein Bild aus der Zukunft, dachte ich. Solche Sessel, solche Tische benutzten damals die Menschen, würde es in der in der Zukunft stattfindenden Ausstellung heißen, solche Kleider trugen sie, solche Frisuren. Wie die Zukunft einst die Vergangenheit darstellen wird, sehe ich in der Gegenwart, dachte ich, also hier und heute, um genau zu sein, an dieser exemplarischen Kreuzung. (Und wie sehe ich heute aus?)

Das Auto vor mir, das knallrot und besonders hergerichtet war, und zwar derart, daß ich es keiner Marke mehr zuordnen konnte, wobei es aber trotzdem deutlich schmutzig war, was doch ungewöhnlich ist bei solchen aufgemotzten Autos, in die ihre Besitzer all ihre Mühe, all ihre viele Freizeit, all ihre Liebe und all ihr weniges Geld stecken, das Auto vor mir war die ganze Zeit schon zu langsam gefahren, und drei Ampeln zuvor, auf der Schöneberger Straße, hatte ein anderer Autofahrer es entnervt überholt. Während nun ich hinter diesem Auto hergeschlichen war, hatte ich nicht nur

Muße gehabt, seine Außenspiegel zu betrachten, sondern auch das Bedürfnis, denn immer wieder wollte mir scheinen, man könne im Außenspiegel an der Fahrerseite das Gesicht des Fahrers sehen. Ob der seinen Spiegel so dahin gebastelt hat, damit er sich beim Autofahren oder wenigstens beim Ampelstehen selbst betrachten kann, weil er ein solcher Narzißt ist? fragte ich mich. Und ob er den denn auch darum so dahin gebastelt hat, damit die nachfolgenden Autofahrer ihn, aus eben demselben Grunde, ebenfalls sehen können – also sein Gesicht sehen können und nicht seinen Hinterkopf, der ja sowieso von der hohen Nackenstütze in diesem aufgebastelten Wagen verdeckt wird? Ob das so einer ist, wie Herbert von Karajan einer war, der mit der von Hans Scharoun entworfenen Berliner Philharmonie glücklich über den ersten Konzertsaal dieser Erde verfügte, in dem das Publikum den Dirigenten auch von vorne sehen kann, wenn auch nur das auf den billigen Plätzen, welches aufgrund seiner beschränkten finanziellen Möglichkeiten die doppelt – visuell und akustisch – seitenverkehrte Musik hinter dem Orchester hinzunehmen gezwungen ist?

Wenn ich das Gesicht des Fahrers im Auto vor mir tatsächlich in seinem Außenspiegel sehen könnte, dachte ich, dann wäre das ein Bild aus der Gegenwart, ein Abbild. Ein Bild aus dem Spiegel ist ein seitenverkehrtes Gesicht. Ich könnte den Fahrer im Auto vor mir auf dieselbe Weise sehen, wie ich sonst mich selber sehe und wie es für ihn wie für mich die einzige Weise ist, uns selbst sehen zu können. Und wenn mir einer nicht sein Gesicht zeigt, sondern sein Spiegelbild, dann zeigt er sich mir so, wie er selbst sich sieht, und läßt nicht zu, daß ich ihn von außen sehe, läßt mich ihn also nicht so sehen, wie nur ich ihn sehen könnte, er sich aber nicht. Nicht als Fremde soll ich ihn anschauen, sondern als er selbst soll ich ihn anschauen. Kein eigenes Bild soll ich mir von ihm machen, sondern sein eigenes Bild von sich soll ich sehen.

So stellt die Gegenwart sich selbst nur dar. (Weswegen man oft unsicher in ihr sich fühlt.)

Und meine Bilder aus der Zukunft? fragte ich mich. In meinen Bildern aus der Zukunft stellt sich mir immer bloß dar, was ich mir selber vorstelle, da stelle ich mir eine Zukunft dar, nicht vor, und sie hat nichts mit dem zu tun, wie sie sich den anderen darstellt. Darstellen könnte. Wie die sie sich vorstellen.

Die Ampel sprang auf Grün. Ich legte den ersten Gang ein und fuhr an, schaltete in den zweiten Gang und achtete auf den Verkehr der Gegenwart, der nicht allzu dicht war, weil diese Gegenwart an einem Dienstagabend um acht Uhr stattfand. Dennoch wollte er beachtet sein, der Verkehr, und zwar mehr als die Zukunft und die Vergangenheit und die Selbstdarstellung der Gegenwart zusammen. Und ich schaltete in den dritten Gang und legte bald den vierten ein.

Am Ende einer verlorenen Nacht ... Während der Party wuchsen mir zehn Pickel im Gesicht, so strengte mich der Kampf gegen die Langeweile an. Dabei war ich unfähig zu gehen, dies aber im Verbund mit zwei Freunden. Viel zu spät brachen wir gemeinsam auf, es war schon fast vier, und dann haben wir uns auf der Autobahn verfahren. An der Peripherie, in einer uns völlig unbekannten Gegend, fuhren wir von der Autobahn herunter und blieben, um den Stadtplan zu studieren, gleich hinter der Ausfahrt stehen, an einer vierspurigen Straße mit schwach begrüntem Mittelstreifen und einer Parkspur am Rand; auf der anderen Straßenseite war ein leeres Hamburger-Freßlokal so hell erleuchtet, als hätte es noch geöffnet. Das Jazzradio spielte gute Musik, und das tut es nur in meinem Auto, denn meine Freunde sagten mir, daß dort nie gute Musik komme, wenn ein Taxifahrer es laufen habe, so wie mir ein anderer Freund, als ich ihn ein paar Tage zuvor nach Hause fuhr, gesagt hatte, daß dort, wenn er es bei sich zuhause höre, immer nur blöde Musik gespielt würde. Mein Auto und das Jazzradio vertragen sich aber gut, darum wird dort keine blöde Musik gespielt, wenn ich es anstelle. Als wir bei dem einen Freund zuhause angekommen waren, stiegen wir im Hinterhaus drei Treppen hoch und tranken jeder ein kleines Glas Pernod. Als wir wieder im Auto saßen, waren wir nur noch zu zweit und ließen das Radio ausgeschaltet, um der sich auflösenden Nacht zuhören zu können. Eine Nacht der Freundschaft. Also war es doch keine verlorene. Der Kampf gegen die Langeweile schweißt zusammen wie gemeinsam überstandene Abenteuer. Kampf überhaupt.

So spät in der Nacht, so früh am Morgen war ich zuhause, daß ich aus irgendeiner Nachbarswohnung schon den Wecker fiepen hörte. Am Ende einer verlorenen Nacht geschieht gar nichts mehr – bis die Sonne aufgeht wie an jeglichem Tag und die Welt bestrahlt und alles von vorne anfangen kann. Der Himmel trug eine Mischfarbe, er war hellblau, hellgrau und weiß beflockt, und die CD, die den ganzen nun längst vergangenen Tag und die ganze Nacht im nicht ausgeschalteten CD-Spieler gelegen hatte, lief noch einmal und ging zu Ende mit der Geschichte des wandernden Fremden und den Worten: »I'm just going over Jordan, I'm just going over home«.

Rainald Goetz

Rave

Erzählung
suhrkamp taschenbuch 3237
271 Seiten

»*Rave* erzählt Geschichten aus dem Leben im Inneren der Nacht. Was machen diese Nachtlebenleute eigentlich, wenn sie da jedes Wochenende irgendwo zum Feiern gehen? Sie hören Musik und tanzen. Sie gehen aus zum Abfeiern, Aufreißen und Ausrasten. Sie betreten finstere Löcher, da, wo über der Türe das Schild hängt: wissen, wer ich bin. – Wer bist du? – Schließlich war das Ding kaputt genug. Ich konnte darüber schreiben. Böse Geschichten von Freundschaft und Liebe als Verrat der Liebe, Abrechnungen, Argumente, Sex. Kaputte Szene. Wohin soll das führen? – Irgendwo schleppt sich zu jeder Stunde ein von einem solchen Wochenende im Exzeß brutal Zerstörter auf den ganz normalen täglichen Menschenstraßen endfertig dahin. Heimlich hält er Ausschau nach einer Zeitung, um zu erfahren, welcher Tag heute ist. Und er liest da die Worte: »Komm her, Sternschnuppe!« Klingt doch gut. – *Rave* steht am Anfang von *Heute Morgen*, einer fünfbändigen Geschichte der Gegenwart.«
Rainald Goetz

NF 325/1/2.01

Andreas Neumeister

Gut laut

Roman
Gebunden. 184 Seiten
suhrkamp taschenbuch 3282. 192 Seiten

»Es gibt Leute, in deren Leben spielt Musik eine völlig nebensächliche Rolle, er kenne Leute, die hören nicht mal Klassik. Er kenne Menschen, in Mjunik lebende Menschen, sagt Roman, die sich in dieser musikbesessenen Epoche weder für Popmusik noch für irgendeine andere Art von Musik interessieren. Seltsam, sagt Roman, Zeitgenossen, scheinbare Zeitgenossen, die bei dem Wort Kraftwerk einfach nur an banale Stromerzeugung denken, machen ihn krank.«
Andreas Neumeister folgt in seinem furiosen Prosamonolog dem elektronischen Rhythmus des »Ebenjetzt«, verliert dabei aber nicht aus dem Blick, daß das rasende »Musikbesessenheitszeitalter« eine Geschichte hat: Mit dem großartigen Stadiondach für die Olympischen Spiele 1972, dem ersten Kassettenrecorder, spätestens mit Donna Summer und Giorgio Moroder's Late-Seventies Plastic Sound of Munich endet für ihn die Nachkriegsära, beginnt die überfällige Unterminierung »dieses Katastrophenjahrhunderts« und die trotzige Vorwegnahme des neuen Jahrtausends.

NF 326/1/2.01

Thomas Meinecke

The Church of John F. Kennedy

Roman
edition suhrkamp 1997
245 Seiten

»Eines der intelligentesten und sprachlich reizvollsten Bücher des Jahres«, schrieb die *Badische Zeitung* über Thomas Meineckes 1996 erschienenen Roman *The Church of John F. Kennedy*. Die *Frankfurter Rundschau* verglich den Roman mit dem *Steinernen Herz* von Arno Schmidt. Er sei »eine traumwandlerisch gelungene Anknüpfung an ein fast schon vergessenes Meisterwerk der 50er Jahre«.
In seinem literarischen Roadmovie macht sich Meinecke auf die Suche nach deutschen Spuren in Amerika Anfang der 90er Jahre.
Dem Reisenden Wenzel Assmann bewahrheitet sich die These, daß die USA zwar imstande sind, die ganze Welt über den Einheitskamm ihres »Way of Life« zu scheren, daß sie nach innen jedoch eine bis heute äußerst heterogene Kulturlandschaft voller weißer Flecken und schwarzer Löcher aufweisen.

NF 328/1/2.01